Marlies Kemptner

Nie wieder Diät

Das Buch

Die Geschichte einer Frau, die ihre Pfunde erst verliert, als sie sich sagt: Nie wieder Diät! Marlies Kemptner erzählt davon, wie eine Frau immer stärker in die Versuchung hineingerät zu essen. Streß und unglückliche Gefühle lassen sie immer wieder zu den süßen Seelentröstern greifen. Der Blick in den Spiegel, auf die schlanken Kolleginnen oder die Hochglanzillustrierten zeigt die eigene Unvollkommenheit. Das Verhältnis zu ihrem Mann Will leidet. Will ist zwar ganz lieb, hat aber den Kopf voller Baupläne und redet nie über seine oder andere Gefühle. Zärtlichkeit gegen sich selbst, Verständnis und Sensibilität sind aber wichtig, wenn es um Eßstörungen geht. Die Einsamkeit wächst, wenn auch auf fröhlichen Parties das kalte Buffet nur mit schlechtem Gewissen aufgesucht werden kann. Marlies Kemptner schreibt sehr lebensnah und mit einigen Funken erleichterndem Witz, wie es einer Frau geht, die alles mögliche ausprobiert, um abzunehmen. Diäten bringen aber die Pfunde nicht zum Schwinden. Schließlich bestätigen auch psychologische und ernährungswissenschaftliche Erkenntnisse: Diäten sind unsinnig. Erst als sie sich entschließt, das zu essen, was ihr Spaß macht, das zu tun, was ihr Freude macht, kommt sie selber zu dem befreienden Schluß: Nie wieder Diät!

Die Autorin

Marlies Kemptner ist freie Autorin und lebt in Heidelberg.

Marlies Kemptner

Nie wieder Diät

Eine Erfahrung

Originalausgabe

Alle Rechte vorbehalten – Printed in Germany

Herstellung und Verlag:
Books on Demand GmbH, Norderstedt
ISBN 3-8334-1635-1

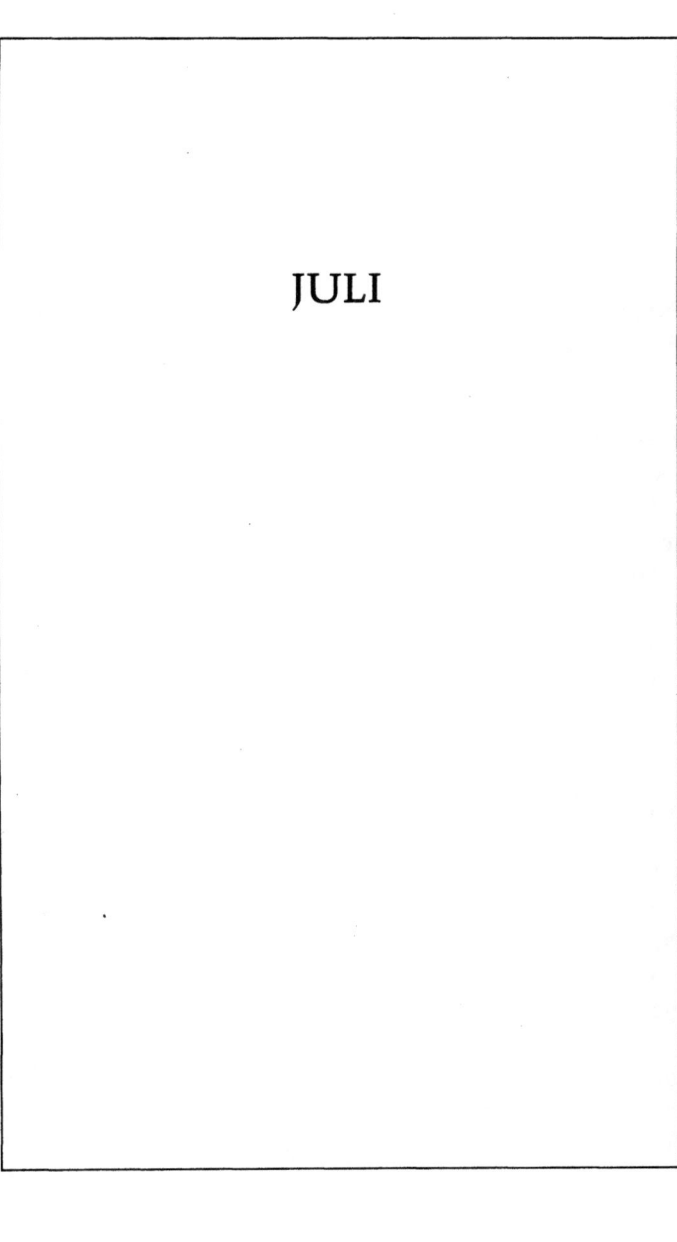

JULI

ENDLICH hält der Juli sein Versprechen und verwöhnt uns mit einem schönen Tag.

Es tut gut, nur leichte Kleidung auf der Haut zu spüren. Die Luft ist schwanger mit neuen Gerüchen, im Park schäumen die Rosenbüsche in Rot und Gelb. Die Tauben sitzen träge auf der Dachrinne und blinzeln in ein lässiges Blau.

Ich bin mit meinem Rad unterwegs. Der Fluß begleitet mich auf meiner Strecke.

Ein zärtlicher Wind streift mein Gesicht.

Ich finde eine Bank, die mich zum Verweilen einlädt, mein Fahrrad lehne ich an den Holunderbusch.

Mit ausgebreiteten Armen und geschlossenen Augen sitze ich da und warte, daß die Sonne mein Herz auftaut und mir mit sanfter Gebärde die Schatten von der Seele wischt.

Eine Unruhe wächst in meinem Bauch. Ich schlucke den leeren Speichel.

Das Verlangen, etwas zu essen, wird mächtig. Obwohl mein Frühstück doch reichhaltig war, spüre ich Hunger, was sonst.

Ich muß etwas tun gegen diese Leere in mir. Bananen und Pfirsiche liegen in einer Tüte in meinem Fahrradkorb, eine trockene Brezel und eine Packung Erfrischungsstäbchen. Ich greife zuerst zu der Süßigkeit. Gut gekühlt schmecken die Dinger am besten. Jetzt sind sie etwas weich. Die Schokoladenglasur hat winzige Schweißtropfen. Das schadet nicht. Die zuckrige Füllung belebt mich wie Kaffee oder Nikotin. Ein tiefer befriedigter Atemzug entringt sich meinem Bauch.

Niemand sieht zu, wie ich Stück für Stück in meinen Mund schiebe.

Vierunddreißig Stäbchen lang hält die Euphorie des Augenblicks. Die leere Schachtel schnell aus meinen Augen.

Als Ausgleich zum süßen Geschmack ein paar Bissen von der Laugenbrezel.

Und Bananen sind doch gesund. Die Tüte ist fast leer.

Ich staune über meinen Appetit. Wohl und rund fühle ich mich jetzt, dem Tag mit all seinen Ansprüchen gewachsen. Das leichte Unbehagen war nur Hunger. Entstanden aus der besonderen Anstrengung dieser Wochen.

Ich bin beruhigt und genieße das Nichtstun. Niemand will etwas von mir. Keine Forderungen, kein Auftrag, keine Bitte. Nur das Summen einer Biene am Ohr und das Geschnatter der Enten, die im Familienclan am Flußufer dümpeln.

Wenn ich den Blick hebe, grüßt mich das Schloß herunter, das vielgerühmte, in dunkles Grün eingerahmt.

Bei seinem Anblick erinnere ich mich an einen Tag fünf Jahre zurück, wo ich dort oben stand, eine Liebeserklärung an die Stadt murmelnd, die mit ihrer idyllischen Schönheit lockte und mit einem Mann, der da war und mir nichts versprach.

Leichten Herzens war ich hierher gezogen, um mich als Ehefrau zu üben und hinter den Schaltern eines Geldinstituts Verrechnungsschecks aufzulisten, einzutippen, abzurechnen, einzuziehen, wegzuschicken und so zum gemeinsamen Unterhalt beizutragen.

Mein Mann versteht sein Handwerk. Mit Farbe, Pinsel und Tapeten verschönert er den Leuten ihr Heim, berät und empfiehlt, motiviert die Gesellen und freut sich über jeden neuen Auftrag.

Wir wohnen in einer kleinen Altstadtgasse, wo mich jeden Morgen das Gurren der Tauben weckt. Blau und Orange sind die bevorzugten Farben unserer gemütlichen Wohnung. Ein großer alter Seidenteppich, ein paar Ölgemälde auf rauhem

Putz, Heizkörper in zartem Fliederton, blaugrüne Fenster-
bänke, ein Schaukelstuhl ...

Ein paar Buben klappern mit ihren Rädern vorbei und reißen
mich aus meinen Gedanken.

Wolken segeln sorglos auf blauem Grund. Zwei Spatzen pik-
ken zu meinen Füßen im Sand. Die Helligkeit blendet die Augen.

Ich atme den Tag ein, seinen Duft, seine Verheißung nach
Sommer, nach Lebenslust und guter Laune. Vollsaugen
möchte ich mich an der satten Luft und dem friedlichen
Einerlei der Stunden. Es gibt keine Zeit, keinen Abend und keinen Morgen, nur den Weg des Marienkäferchens über meine
Hand hin und zurück, bis er abstürzt und zwischen den Wege-
rich fällt.

Irgendwann mahnt mich ein Glockenschlag.

Ich muß zurück.

Jeden Morgen führt mich mein Weg mitten durch die Stadt.
Ich liebe dieses schnelle Ausschreiten der Arbeit entgegen, an
den verschlafenen Läden vorbei. Jeden Morgen entdecke ich
etwas Neues. Sei es eine Änderung in den Auslagen, sei es eine
interessante Jacke, die ein Mädchen trägt. Ich laufe mit an-
gemessenem Tempo dem Gebäude entgegen, dessen graue Be-
tonwände und riesige Glasfenster mich für einen Arbeitstag
verschlucken.

Täglich sind es die gleichen eingefahrenen Handgriffe. Ich
weiß, was mich erwartet. Das ist kein unangenehmes Gefühl.
Mein Stuhl, mein Tisch, ein Berg rosafarbiger Umschläge und
Puppe, meine nette Kollegin. Wir addieren und stellen zusammen, haken ab und schreiben Buchungsbelege und sind froh,
die Abrechnung am Schalter pünktlich zu schaffen.

Zwischendurch ein Frühstück in der Kantine mit Blick auf
die kleine Anlage. Nach dem Mittagessen ankämpfen gegen

die aufkommende Müdigkeit. Puppe raucht Zigaretten und bläst mir den Rauch ins Gesicht.

Sie erzählt vom Abend in der Disko und ihren Urlaubsplänen. Schnell rückt der Uhrzeiger gegen vier. Letztes Aufatmen, daß die Salden stimmen, Unterschriftenvorlage beim Abteilungsleiter, dann bin ich für heute entlassen.

Wie gern würde ich nun den Weg zurückwandern, mit leichtem Gepäck, der Arbeitspflicht enthoben. Doch draußen wartet schon Will, mein Mann, auf mich in unserem alten Opel, in dem es nach Lack und Lösungsmitteln riecht. Ein flüchtiger Kuß von mir, Will schaut geradeaus.

Wichtige Dinge beschäftigen meinen Mann, Geldprobleme, Bauprobleme, Probleme mit Kunden und seinen Mitarbeitern. Unser Gespräch dreht sich um das Notwendige. Wann werden die Dachziegel geliefert? Können wir die nächste Materialrechnung bezahlen? Wird das Wetter halten?

Wir haben ein Ziel.

Jeden Tag außer Sonntag fahren wir nach Feierabend die gleiche Strecke in das Dorf, wo unser Haus entsteht. Hier wurde uns ein erschwinglicher Bauplatz angeboten. Schnelles Zugreifen war angesagt, jetzt sind Will und ich Bauherren.

Wir fahren aus der Stadt hinaus, eine Weile begleitet uns noch der Fluß, dann biegen wir ab, vorbei an den vielen kleinen Vorstadtgemeinden, aufs Land.

Das gelbe Ortsschild heißt uns willkommen. Das Dorf wird bald unser neues Zuhause. In der Straße, nach einem großen Dichter benannt, zwischen zwei mit unzähligen Löwenzähnen bedeckten Wiesen, wächst ein neues Gebäude, unser Haus.

Ich sollte mich freuen, wie Will alles anpackt, wie gut er alles organisiert, wie er unserem Leben einen angemessenen Rahmen gibt. Aber mich beschäftigen ganz andere Dinge. Zum Beispiel mein leerer Magen, meine Lust auf ein Stück Kuchen.

Doch jetzt heißt es anpacken, mithelfen, rein in die Arbeitskla-
motten.

Puppe führt mir heute ihre neue Kreation in Grün vor. Kurzer
enger Rock. Puppe hat lange Beine wie ein Storch und ist sehr
dünn. Gerne läßt sie einen Blusenknopf zuviel auf und kokettiert mit den Männern.

Ich höre nur mit halbem Ohr hin, was sie mir erzählt, unter-
schreibe meine Belege und flüchte vor ihrem Geschwätz die
Treppe hinunter in den Waschraum. Im Spiegel begegnet mir
mein unzufriedenes Gesicht. Ich kann mir kein Lächeln abringen. Langweilig sehe ich aus. Langweilig die Frisur, mein ganzes Äußeres. Die einfache Streifenbluse macht mich blaß.
Schnell tupfe ich etwas Rouge auf die Wangen und auf den
Mund. Da ist nicht viel zu retten. Meine Stimmung bessert
sich den ganzen Tag über nicht. Nur als mir unser Kollege Bert
eine Schale Erdbeeren aus dem eigenen Garten auf den Schreibtisch stellt, hellt sich meine Miene etwas auf. Die roten
Früchte duften und locken. Ich hole die Zuckerdose aus der
Kantine. So schmeckt es noch besser. Eine um die andere Beere
tauche ich in das weiße Geriesel, bis mich Puppe ermahnt, ihr
auch noch etwas übrigzulassen. „Du kannst das bald selbst in
deinem Garten anbauen", meint sie. Ich winke ab und ant-
worte mit einem Seufzen: „Das dauert noch ewig. Noch steht
eine Menge anderer Dinge an."

Sparsam geht der Juli mit seinen Sonnentagen um. Kaum mel-
den die Schwimmbäder erste Besucherzahlen, ist es schon wieder vorbei mit der Hitze.

Regen perlt an die Scheiben. Es klopft und prasselt. Ich kann
mir nichts Ungemütlicheres vorstellen, als jetzt hier auf dem
Bau zu sein. Wie viele Male bin ich heute die Leiter vom Erdge-
schoß bis zum ersten Stock hinaufgeklettert? Wann baut der
Zimmermann endlich die bestellte Treppe ein? Wir lernen das

Warten auf die Handwerker, die Maurer, die Gipser, den Schreiner. Ich kenne inzwischen ihre Sprüche, die Vertröstungen. Nur Paul, unser Freund, ist allseits zur Stelle, wenn es um Rohre und Dachrinnen geht. Den ganzen sanitären Kram hat er uns eingebaut. Will war gut beraten. Ich habe heute die interessante Aufgabe, die Kupferrohre der Fußbodenheizung mit Filzstreifen zur Wärmedämmung zu umwickeln.

Unser Grundstück ist aufgeweicht. Die nackte Erde klumpt und batzt an den Schuhen. Noch eine halbe Stunde, dann kann ich das Mittagessen anbieten. Ich richte den Campingtisch in einer Ecke. Im Korb halte ich Dosenwurst parat, ein Glas Senfgurken und einen halben Laib Brot dazu. Ich rufe die Männer zusammen, die sich bereitwillig um mein Provisorium scharen.

Ich mag die Hausmacher-Wurst nicht besonders. Trotzdem belege ich mir ein weiteres Brot und beiße kräftig hinein. Bevor ich wieder meine Arbeit aufnehme, noch ein Rädchen von der Fleischwurst und noch eine saure Gurke. Mit der Nahrung schlucke ich alles Aufbegehren hinunter, meinen Unwillen, das aufgezwängte Muß.

Ich lasse den Blick schweifen, stelle mir die Tapeten an den Wänden vor. Da und dort verteile ich im Geist die Möbel, plaziere den Schaukelstuhl ans Fenster und die Stehlampe neben den offenen Kamin, um dann alles wieder zu verwerfen. Wir werden sehen.

„Wir werden sehen", ist Wills obligatorische Antwort, wenn ich mit meinen vorausschauenden Ideen komme. „Laß uns erst soweit sein", sagt er.

Zu schnell geht mir die Pause vorüber. Schon heißt es wieder in die Hände gespuckt. Draußen bleibt der Himmel düster. Die Löwenzähne auf der Wiese halten trotzig ihre Köpfe geschlossen.

Will schleppt schwere Platten aus Rigips herbei. Sein Hemd ist aus der Hose gerutscht. Ich weiß, welche Kraft und Ausdauer dieser schlanke, fast zierliche Körper entwickeln kann.

Im Keller, wo es nach feuchtem Zement riecht, wo in einem Raum alles Werkzeug und die Kreissäge untergebracht ist, schlüpfe ich mal wieder aus meinen Tageskleidern, ziehe eine alte Hose und einen ausrangierten Pullover an. Ein Tuch um den Kopf, bin ich wieder bereit für meinen Einsatz.

Will weiß immer genau, was zu tun ist. Ich bewundere meinen Mann, der mit großer Selbstverständlichkeit seine ganze freie Zeit opfert. Ohne große Ersparnisse sind wir darauf angewiesen, vieles in Eigenleistung zu machen. Ich fungiere als Hilfskraft, ohne recht zu wissen, wo es anzupacken gilt. Ich warte auf Anweisungen: „Halt mal, reich mal, hol mal." Ich bin dafür zuständig, daß die Stromversorgung klappt und die Kabeltrommel zur Stelle ist. Dazwischen immer wieder Dreck schippen, kehren, Abfälle versorgen und dabei Staub schlucken. Wills Wahlspruch ist: „Was sein muß, muß sein."

Mein Mann zeigt kein Ermüden, keine Lustlosigkeit. Mit immer gleichem Engagement treibt er den Bau voran. Ist es nicht mehr wie recht, wenn ich auch meinen Teil dazu beitrage?

Will rührt einen Kleber an. Mit der Zahnspachtel verteilt er die Masse auf einer Wand. Gelbe Kacheln schmücken schon einen Teil der Fläche. Die Kacheln müssen geschnitten und sorgfältig ausgerichtet sein.

Will ist ganz bei der Sache, während ich stupide Handreichungen mache und meine Gedanken spazieren lasse.

Zwischendurch streife ich durch alle Räume, stelle mir vor, wie es sein wird, hier zu leben. Ich sehe oft auf die Uhr, bis Will nach drei, vier Stunden das Zeichen zum Aufbruch gibt. Für heute haben wir es wieder geschafft. Jetzt bin ich noch als Köchin gefordert. Will erwartet ein ordentliches Abendessen.

Die Welt scheint in Ordnung, während die Kartoffeln dampfen und ich den Braten anschneide.

Gegen neun endlich sitzen wir uns gegenüber. Die Sätze des Tages sind gesprochen. Mein Mann wirft einen Blick in die Zeitung. Für mich bleibt noch der Abwasch. So ist das eben, wenn man baut. Will klagt nicht darüber. Ich darf ihn nicht mit meiner Ungeduld belasten. Ich sollte ihm Stütze und Hilfe sein. Ich begrabe das dumpfe Gefühl in meinem Bauch und mache mich an die Arbeit.

Ich weiß nicht, was mich so wütend macht. Ich hadere mit den Umständen. Ich komme zu kurz. Ich möchte wieder einmal satt sein vor Langeweile. Dieses unfertige Haus frißt meine Zeit, meine Muße. Faul sein ist hier nicht erlaubt, das sehe ich ein.

Das Spülwasser ist viel zu heiß. Ich verbrenne meine Hände. Der stechende Schmerz entlastet. So habe ich allen Grund, auf meine Unachtsamkeit sauer zu sein.

Wills Zeitung liegt auf dem Boden. Mein Mann ist eingeschlafen vor Erschöpfung. Sein Gesicht zeigt die Spuren der täglichen Anstrengung.

Er klagt nicht, er weiß, worum es geht.

Ich schäme mich meiner dummen Gefühle.

Will und ich träumen dem Sonntagmorgen entgegen. Der Radiowecker bleibt stumm. Ich höre, wie die kleine Frau ins Bad geht, um ihre Morgentoilette zu machen. Ich höre es am sachten Trap-Trap auf den Dielen. Ich höre auch, wie der Siebenkindervater mit wuchtigeren Schritten umhergeht. Sein Husten auf der Treppe verdeutlicht mir: Wir sind nicht allein in diesem Haus.

Ein Schlafzimmer, ein Wohnzimmer, eine kleine Küche mit Eßecke über den Gang hinweg gehört uns. Auf dem Flur und im Bad kann ich der kleinen Frau begegnen. Wie ein scheuer

Vogel streift sie durchs Haus, bewaffnet mit ihrem Lappen, um den Staub und den Schmutz einzufangen. Sie ist eine sehr ordentliche Frau, diese Mannesmutter.

Ich lege Wills Arm um mich. Will baut unser Haus, damit ich das Trap-Trap auf der Treppe nicht mehr höre, damit niemand an unsere Tür klopfen kann zu unpassender Gelegenheit, damit wir laut und leise sein können, damit Will die Stereoanlage voll aufdrehen kann.

Die Zeit im Bett ließe sich ausdehnen, doch da sind die Verpflichtungen, die ein Handwerksbetrieb mit sich bringt. So kommt es, daß Will bald über den Rechnungen und Angeboten sitzt und ich in meiner Küche ein gutes Mittagessen zubereite. Leider kann ich die Düfte weder vermeiden noch einschließen, und es ärgert mich, daß die kleine Frau wahrnehmen kann, was ich auf den Tisch bringe und ob mir etwas zu scharf in der Pfanne gerät.

Die Küchenarbeit macht mir Spaß. Kochen ist eine kreative Sache für mich. Ich schnipple und brate, würze und koste und rufe Will an den Tisch.

Die Welt scheint in Ordnung, während die Kartoffeln dampfen und ich den Braten anschneide.

Das gute Gefühl hält bis zum letzten Bissen an. Wäre da nicht das schmutzige Geschirr, wäre da nicht die Bügelwäsche, die Überweisungen, die ich ausfüllen muß, das Loch in Wills Hose. Die besonderen Belastungen dieser Woche ermüden mich so. Ich fühle mich hin und hergezerrt unter dem Druck meiner Aufgaben. Es fällt mir schwer, diese Trägheit zu überwinden. Und doch muß ich mich der Realität der momentanen schwierigen Situation stellen. Noch ein Glas Wein im stehen.

Als kleines Trostpflaster greife ich in die Schublade mit den Naschsachen. Knuspermünzen, meine Lieblingsbonbons.

Die kleinen Taler beeinflussen die Chemie in meinem Körper. Etwas Beruhigendes durchflutet mich.

14

Kein Nachdenken über mein Handeln. Mit dem Zucker transportiere ich Wohlgefühle in meinem Bauch. Dankbar nimmt mein Magen diese Freundlichkeit auf.
Lutschen und Schlucken, das hält die aufkeimende Aggression in Schach.

In der Mittagspause stehe ich im Bäckerladen und kaufe süße Stückchen für unsere Zwischenmahlzeit. Den ganzen Nachmittag riecht das Gebäck aus meiner Tasche. Ich hätte Lust hineinzubeißen, zähme meinen Appetit aber bis zum Feierabend. Will wartet schon im Wagen, die Nachrichten hörend, ungeduldig mit dem Fuß wippend. Kaum bin ich in Sicht, läuft der Motor, und wir können starten. Ich raschle mit meiner Tüte, biete Will einen Streusel an, eine kleine Stärkung vor dem Einsatz auf dem Bau.

Unser Opel trägt mich durch die Landschaft. Wie schön sich die Wiesen an die Straßenränder schmiegen, wie frisch und gepflegt sind die knapp geschorenen Rasen in den Vorgärten. Das Steinkraut wuchert über die Gartenmäuerchen. Eine Frau erntet den ersten Salat in ihrem Beet. Im Kirschbaum flattern Silberfolienstreifen zum Schutz gegen die frechen Amseln. Ein Traktor führt vor uns eine Fuhre Mist ins Feld.

Ich kaue zufrieden den Kuchen. Ich koste die feine Zuckerglasur. Es tut gut, etwas in den hohlen Bauch zu bekommen. Mit feuchten Fingerspitzen tupfe ich sorgfältig alle Krümelchen aus der Tüte. Die zwei Stückchen sind schnell verschwunden. Jetzt, wo sie weg sind, fühle ich die Leere in mir. Ich schnuppere noch einmal an der Tüte, knülle sie enttäuscht zusammen und stecke das Papier in meinen Korb. Etwas warmer Tee ist noch da. Ich trinke in kleinen Schlucken. Ich wünsche mir, nur immerfort zu fahren und dabei einen angenehm gefüllten Bauch zu spüren. Doch schon heißt es wieder aussteigen. Material ausladen helfen, einen Fuchsschwanz, den Eimer mit Kleister. Ich stolpere und knicke mit meinem Fuß ein, verfluchter Mist, Scheiß-Bauerei.

Was bin ich für eine unmögliche Frau! Nicht belastbar, unstabil, statt mich zu freuen, was schon geschafft ist, wie weit wir es schon gebracht haben, erwarte ich mit Ungeduld das Ende der Plackerei.

Will demonstriert mir täglich Ausdauer und Fleiß. Ich hänge durch. Es ist niemand da, der mich ermuntert, mich ermutigt, mir vor Augen führt, wie sehr es sich doch lohnt. „Alles hat seinen Preis", meint Will, und er sieht keinen Grund, mich zu trösten. Weshalb auch?

Es wird Zeit, die beste Freundin anzurufen. Schon eine ganze Weile habe ich nichts von mir hören lassen. „Du weißt doch", sage ich, „das Haus." Ella versteht meine Anspannung. Ella sagt: „Du arme Krott", in ihrem Pfälzer Dialekt. Ella ist mir wichtig, und ich teile mit ihr alle Sorgen und viele meiner Gedanken. Ella ist mir, obwohl gleich alt, schon immer ein bißchen Ersatzmutter gewesen.

Sie hat ja auch ihre Probleme. Mein Telefon weiß Bescheid. Stunden unseres Lebens sind wir mit der Schnur verbunden, geben uns Ratschläge und Verhaltensweisen. Seit über zehn Jahren beobachte ich ihren Kampf mit den Kilos. Ich weiß nicht, wie es dazu kommen konnte, daß aus Ella die dickste Frau wurde, die ich kenne.

Ella vertritt ihre Meinung selbstbewußt und ohne Zaudern. Meine Ansichten haben immer etwas Schwebendes. Ich lege mich nicht gerne fest. Noch bin ich auf der Suche nach meinem Weltbild. Wie an einer Perlenschnur taste ich neuen Erkenntnissen entgegen. Ich will wissen, wer und warum ich bin.

Heute sind ein paar Besorgungen zu machen. Der Nachmittag gehört mir und den Einkäufen. Ich habe Zeit zum Schauen, bleibe an den Auslagen stehen, verweile bei den Dekorationen,

16

mische mich ins Gedränge an den Wühltischen im Kaufhaus. Ich leiste mir das Vergnügen, im Café zu sitzen. Die Leute um mich herum betrachtend, esse ich ein zweites Stück Käsekuchen mit einem Häubchen Sahne darüber. Aus dem Lautsprecher plätschert Animiermusik. Mit meiner Kuchengabel schaffe ich mir dies kleine Vergnügen. Ich marmoriere den Kaffee mit Kondensmilch, wickle die Zuckerstückchen aus und lese interessiert den aufgedruckten Text. Mein Kännchen ist leer. Schon nagt wieder leise die Unlust in mir. Noch schnell der Weg zur Toilette, dann werde ich meinen Einkaufszettel weiter abhaken.

Man muß anstehen, vor den verriegelten Türen. Eine Rothaarige macht sich frisch und sprüht ordentlich Spray über ihre Lockenpracht. Die Klotür prangt mit Sprüchen und Adressen, es riecht aufdringlich nach Desinfektionsmittel. Der Seifenspender ist leer, und der Abfallkorb mit den Papiertaschentüchern quillt über. Im nackten Neonlicht betrachte ich meine Haut. Sensibel wie eine Mimose, hell, empfindlich mit der Neigung zu roten Äderchen und verstopften Talgdrüsen. Etwas Puder läßt die Nase weniger glänzen. Unwillig wende ich mich ab, zupfe an meinem Kragen, der nicht so bleiben will wie der der gestylten Verkäuferin hinter der Plattenbar. Ich schaue sie mir an, diese Frauen, die so selbstverständlich dastehen, immer zu lächeln bereit. Ein Hauch Ricci oder Chanel begleitet sie. Ihr selbstsicheres Auftreten macht mich klein, es drückt mich herunter, ich kann es nicht mit ihnen aufnehmen. Zu glatt ist ihre Haut, zu rot der geschminkte Mund, zu aufdringlich der Lidschatten. Trotzdem strahlen sie eine Selbstverständlichkeit aus, die mich sie beneiden läßt.

Ich ergänze meine Vorräte im Supermarkt. Ich wähle in Ruhe und sorgfältig die Sachen aus, nicht ohne vorher die Preise zu vergleichen. Wir müssen sparen, das Haus kostet eine Menge Geld. Trotzdem lasse ich mir am Fleischstand Filets einpacken, dazu etwas von der teuren Salami und reichlich Käse. Am Süßwarenregal suche ich mir Schokolade aus, Vollmilch mit ganzen Nüssen, meine Lieblingssorte, dazu die geliebten Erfrischungsstäbchen und eine Packung Kokoshäufchen. Etwas muß der Mensch ja haben.

Schluß mit der Bummelei. Mit raschen Schritten gehe ich nach Hause, schwer an meinen Tragetaschen schleppend. Ein Gedanke beflügelt mich, und ich werde ihn sofort in die Tat umsetzen: Ich werde Will mit einem feinen Menü überraschen.

Vorsichtig schließe ich die Haustür auf. Ich achte darauf, keine Geräusche zu machen, und horche in den leeren Flur hinein. Ich habe keine Lust, der kleinen Frau zu begegnen, ich will schnell in meine Küche, die Einkäufe versorgen und zu kochen anfangen.

Während der Reis dampft, stelle ich mich unter die Dusche. Ich greife nach den Glasflakons. Viel zuwenig benutze ich sie, doch heute wünsche ich mir, verführerisch zu riechen.

Unser Tisch ist gedeckt, ich habe alles vorbereitet und warte am Fenster auf das Geräusch unseres Wagens. Bis Will hereinkommt, mache ich noch schnell die Kerzen an.

Nie ist die Liebe, wie sie sein soll. Nur im Film fallen sie sich selig in die Arme, ist das Glück ausschließlich, die Küsse voller Leidenschaft und das Happy-End gewiß.

Will ist nicht unfreundlich, Will ignoriert nicht mein Bemühen, diesen Abend etwas anders zu gestalten. Doch er findet nicht die Worte, die ich hören möchte, keine liebevolle Geste, die mich anrührt.

Mit angespanntem Gesicht sitzt er mir gegenüber. Will hat ganz andere Sorgen.

Dafür schmeckt mein Filet in Champignonsahne, das Baguette ist knusprig. Die Soße ist pikant, den letzten Rest tunke ich mit dem Weißbrot auf.

Mein Bauch ist zufrieden, die Sinne wach. Ich sehne mich

nach zärtlicher Berührung. Und ich möchte reden mit Will. Über dieses Ungleichgewicht in mir, über das, was in meiner Lebenssituation nicht zu stimmen scheint. Ich erwarte von Will eine gewisse Fürsorge. Als ich es in Worte zu kleiden versuche, sagt mein Mann: „Ich baue an unserem Haus, ich verausgabe mich täglich. Ich muß sehen, daß im Geschäft alles läuft. Was willst du eigentlich?"

Will schaut mich mit gekrausten Augenbrauen an. Kraft dieser Argumente werde ich stumm. Es gibt kein Unwetter bei uns. Keinen Ausbruch der Gefühle. Wir werden uns doch nicht streiten?

Ich sollte vernünftig sein. Zwei Seelen sind in meiner Brust. Die eine gibt meinem Mann recht, beschuldigt mich, töricht zu sein und undankbar dazu. Die andere Seele stampft auf wie ein trotziges unbelehrbares Kind, das sich nicht fügen will.

Ich schlucke schwer. Irgendwas will mir nicht runtergehen. Mies komme ich mir vor. Wo Will so tüchtig ist und unser Leben anpackt, hadere ich mit allem.

Nur keinen Ärger machen. Ich will, daß der Mann an meiner Seite mich in Ordnung findet. Will löst alles auf seine Art. Mein Mann braucht keine Szenen. Er hält mich fest in seinem Arm. Nicht wie die Mutter das Kind, sondern wie der Mann die Geliebte.

Wie kommt es, daß wir trotzdem so weit voneinander entfernt sind?

Unser Haus bekommt langsam ein Gesicht. So viele Räume für uns allein. Ein Balkon im Westen, ein zweiter gegen Süden, mit einem schmiedeeisernen Gitter davor. Ein Bad mit orangeroten Bodenfliesen. Im Wohnzimmer grüne Florentiner Platten. Sie sind auf ein Netz geklebt. Will fügt Netz an Netz auf den Boden. Die Ränder zur Wand müssen abgeknipst werden, damit alles paßt. Will flucht, wenn was nicht klappt. Ich stelle die Kartons bereit.

Klaus und Renate schauen überraschend vorbei. Ein willkommener Anlaß für mich, meine Arbeit zu unterbrechen. Die beiden wollen gucken kommen. Also präsentiere ich unsere Zimmer, deute auf die nackten Porotonsteine, auf andere Flächen, die schon den grauen Verputz tragen. Dann der Gang nach draußen, das Gelände besichtigen.

Einen Garten werden wir haben. Renate sieht schon den Rasen vor sich, die Forsythiensträucher, die Pfingstrosen. Klaus teilt im Geiste die Beete ab und erklärt: „Ihr könnt alles selbst anbauen. Salat, Radieschen, wartet mal ab."

Ich sehe nur aufgeschichtete Erdhügel, Gräben im Gelände, einen Berg Bauschutt in der Ecke.

Klaus und Renate sind der festen Überzeugung, daß alles wunderschön wird. Ich will ihnen da nicht widersprechen.

Heute hat die kleine Frau Geburtstag. Der Siebenkindervater lehnt aus dem Fenster und zieht an seiner Zigarette. Die kleine Frau will keine Qualmerei in der Wohnung, keine vergilbten Gardinen, keinen schlechten Geruch. Ganz zu schweigen von einem Brandloch im Teppich, ständig vollen Aschenbechern und überhaupt . . .

Die Söhne und Töchter werden zur Gratulationscour erwartet. Ich habe mir lange überlegt, womit ich die Schwiegermutter erfreuen könnte, bin aber zu keinem Ergebnis gekommen. Es ist schwer, einem Menschen Glück zu wünschen, wenn er keine Umarmungen mag, wenn man die Frostigkeit schon von weitem fühlt, wenn so viel Distanz zu spüren ist.

Mit Unbehagen gehe ich, einen Strauß Rittersporn in der Hand, nach oben. Wills Mutter ist auch an ihrem Ehrentag geschäftig am Spülstein, an der Kaffeemaschine, am Herd, kaum daß sie sich Zeit nimmt, meine Glückwünsche entgegenzunehmen. Ich sitze mit den Schwägerinnen und Schwagern gedrängt um die Eckbank, was Nähe vortäuscht.

Ich kann nicht unbefangen sein, weiß nicht, ob die Lippen

geöffnet oder geschlossen besser aussehen, mein Lächeln ist steif und gemacht. Ich ärgere mich über das aufsteigende Gefühl, nicht dazuzugehören. Verkrampft bin ich, abgeschnitten von dieser Familie, nur durch einen weißgoldenen Reif an Will gebunden. Mein Mann und die Geschwister reden. Ich konzentriere mich auf den Apfelkuchen, lasse mir Kaffee nachgießen und probiere auch den Hefezopf. Ein drittes Stück mit Johannisbeerbaiser wage ich nicht zu essen. Es könnte zu gierig aussehen. Als es klingelt und weitere Gäste kommen, nutze ich die Gelegenheit, mich zu verkrümeln.

Meine Tür zu und aufatmen. Hinsetzen und die Beine hochlegen, nicht darauf achten, wie meine Mimik ist, keine Höflichkeiten sagen, die Augen schließen und entspannen.

Es hält mich nicht lange in der Ruhestellung. Aufgeschreckte Vögel flattern in meinem Bauch. Es treibt mich im Zimmer umher. Schränke auf, Schränke zu. Zwischen dem Aperitif und dem Likör steht eine Schachtel mit Pralinen. Ich mache es mir mit meinem Fund im Sessel bequem. Das Zellophan raschelt. Dann enthüllen sich Nougat, Krokant, Marzipan, Trüffel. Das sind vierundzwanzig Stück in einer Schachtel. Ich probiere, beiße alle rundum an, dann stelle ich die Packung schuldbewußt zurück. Ich mache mir eine Wärmflasche und gehe mit diffusen Gedanken ins Bett. Zusammengerollt wie ein Embryo warte ich, daß Will kommt. Vielleicht spricht er den Zauberspruch, die magische Zahl, erlösende Worte, die mich wieder ganz froh machen können.

Puppe und ich sitzen auf einer Bank in der Anlage und essen Hamburger. Es ist warm. Die Sonne kitzelt im Nacken, der Himmel trägt Rüschchenwolken. Vor uns spielt ein kleiner Junge mit seinen Autos im Sand. „Brr, brr", macht das Kind unentwegt und wird nicht müde, seinen kleinen Renner hin und her zu schieben. Neben uns sitzt ein Penner mit drei Plastiktüten voller Habseligkeiten zwischen seinen Beinen. Immer wieder setzt er die Bierflasche an. Welche Tragik hat sein Leben so werden lassen?

Puppe tropft Ketchup vom Kinn. Ginos Hamburger sind die besten.

Ich habe große Lust, noch einen zu essen. Puppe will auch noch einen. Unsere Mittagspause geht noch zwanzig Minuten, und Gino ist gleich um die Ecke.

In dem Schnellimbiß ist eine Menge los. Der Penner hat sich auch aufgerafft und sitzt vor einem Teller mit Königsberger Klopsen.

Er spricht leise mit sich selbst beim Essen.

Ich bekomme meine Tüte, aus der es appetitlich duftet. Puppe wartet schon. Wir plaudern und kauen. Ein paar Zwiebelringe fallen in den Staub. Puppe öffnet noch einen Blusenknopf, damit das Dekolleté bräunt.

Jetzt eine Zigarette.

Ich bin müde.

Ich kann nicht einschlafen. Die Gedanken kreisen in meinem Kopf. Die Julinacht webt den Raum dunkel, ein bleicher Mond schaut durch die Gardine. Ein Gedicht fällt mir ein, das ich einmal geschrieben habe. Da heißt es in einer Strophe:

„So träumen, bis in das hellblaue Zelt
am späten Abend die Dunkelheit fällt.
Dann wollen die Sterne gefällig sein
und sticken ein Muster ins Nachtblau hinein.
Schließlich erscheint mit sanftem Gesicht
der Mond in der Mitte und spendet mir Licht."

Will schläft an meiner Seite. Ich hätte Lust, ihn wachzurütteln. Ich hätte Lust, ihn auf mein wehes Herz zu stoßen. Warum fragt er nicht nach meinen Sorgen? Er spürt doch meine Unlust. Er sieht mein abweisendes Gesicht, er hört meine mißmutigen Antworten. In Gedanken formuliere ich wüste Anschuldigungen. Ungerechte Worte drängen sich aus meinem Mund. In meiner Vorstellung erschaffe ich Theaterszenen. Aufgebrachte Dialoge zwischen uns. Da hängt der Haussegen schief. Da entschlüpft die Harmonie durch die Fensterritzen, und ich stehe da wie ein begossener Pudel und resigniere. „Du verstehst mich nicht." Tief und regelmäßig geht der Atem meines Mannes. Im Schutze der Dunkelheit, unter meinem selbstgefärbten Bettzeug, in der Wärme unserer Körper, versuche ich, die Fäden meines Verhaltens zu entwirren.

Das Haus atmet Ruhe. Ich könnte mir ein Bad einlassen, wäre da nicht das Wassergeräusch mitten in der Nacht. Auf dem Kopfsteinpflaster der Altstadtgasse hört man eine Gruppe junger Leute laufen.

Ein paar Gesprächsfetzen dringen an mein Ohr. Sie lachen und sind ganz ausgelassen. „Yellow Submarine" – fängt einer zu singen an.

Mit verschränkten Armen liege ich da und krame in meinen Gefühlen herum.

Etwas hat zuviel Gewicht in meinem Leben. Etwas läßt mich immerfort nach Nahrung sehnen. Ich habe Probleme mit dem Essen. Essen bereitet mir Lust, Harmonie, Zufriedenheit. Da bin ich rund, da wird mir wohl. Es hilft gegen die Langeweile und die Leere in mir.

Will dreht sich im Bett um und fängt zu schnarchen an. Ich puffe ihn in die Seite, damit er sich umdreht.

Will hat keine Träume. Jede Nacht schläft er tief und ohne Traumgestalten.

Ich erlebe jede Nacht ein Abenteuer. Doch zu schnell verflüchtigt sich das Gespinst am Morgen. Nur Bruchstücke kann ich in den Tag hinüberretten. Der Schlaf bewahrt mich vor allen Grübeleien. Er schenkt mir ein anderes Ich.

Ich versuche, mich auf meinen Atem zu konzentrieren. Um sechs Uhr fünfundvierzig heißt es aufstehen.

Einatmen, ausatmen, einatmen, tief ausatmen.

Irgendwann verliert sich mein Bewußtsein.

Kein Verlaß auf die Handwerker. Der Gipser hat uns versetzt, die eingebauten Fenster findet Will nicht in Ordnung. Er telefoniert. „Der Gipser ist krank", heißt es. Eine schöne Bescherung.

Wegen unseres Baukredits muß mein Mann mit der Bank sprechen. Wills Betrieb muß weiterlaufen, er muß sich um Aufträge kümmern, Rechnungen schreiben, Angebote auskalkulieren. Am Sonntagmorgen sitze ich zu Hause und errechne die Löhne für die Malergesellen. Auf grünen Karteikarten trage ich alles ein: Bruttolohn, Lohnsteuer, Krankenkasse. Die Rechenmaschine rattert. Auf dem Herd dampfen die Kartoffeln. Heute gibt es Gulasch dazu.

Draußen lockt die Sonne.

Hans und Ursel haben uns zum Kaffee eingeladen. Ich freue mich, die Freunde zu sehen, einen unbeschwerten Nachmittag zu haben, im Korbsessel sitzend auf Ursels Terrasse zu ratschen. Endlich bin ich mit meiner Abrechnung fertig. In meiner Küche duftet es gut. Mit Crème fraîche und Paprika würze ich die Soße. Die Kartoffeln zerstampfe ich zu Brei, ein gutes Stück Butter dazu und etwas Milch.

Ich rufe Will, setze den Strauß mit Margeriten in die Mitte und lege blaue Servietten neben unsere Teller. Ein hübscher Tisch, ein schöner Mann, der angenehm nach Rasierwasser duftet, der mit seinem Bart meine Wange kitzelt, dem ich mit frohem Gesicht einen guten Appetit wünsche. Will schenkt uns Wein in die Gläser. Wir stoßen an. „Deine Augen sind ganz klein, wenn du lachst", sagt Will.

„Wie Schlitze." Ich mache Grimassen, einen Kußmund mit

Stirnrunzeln. Der Trollinger funkelt in den Gläsern, das Essen schmeckt gut. Der Wein rötet mein Gesicht und glättet die Falten auf meiner Seele. Will hilft mir den Tisch abdecken. Wir haben noch zwei Stunden Zeit bis zu unserem Besuch. Will führt mich wie eine Puppe vor sich her und dirigiert mich ins Schlafzimmer auf unser Bett. Ich bin gern bereit, mich fallen zu lassen. Weg mit den Gespenstern in meinem Kopf. Was hab' ich nicht alles. Einen Mann, der mich liebt, die Aussicht auf ein eigenes Haus, Gesundheit, geregeltes Einkommen.

Weshalb lass' ich mich so leicht deprimieren?

Will küßt mich. Will umrundet mit seinen Händen meinen Körper, streicht über meine Hüften. Warum halte ich den Atem an? Damit mein Bauch sich flach und schlank anfühlt?

Es wird Zeit, mich fertig zu machen. Ich wasche die Spuren unserer Liebe ab, ein paar Sprühstöße Frische in die Achselhöhlen, Körperpuder, der nach Thymian riecht, den ich gerne an mir mag.

Ich stehe vor dem Spiegel und entwerfe mein Ausgehgesicht. Haare halblang glatt mit rötlichem Hennaton. Grünbraune Augen, etwas größer geschminkt. Viel Tusche auf die Wimpern. Ein Hauch Rouge und ein rotgemalter Mund, das Schönste an mir. Hellblaue Jeans und eine weite Bluse darüber. Mit Mühe faßt der Reißverschluß. Die Hose kneift. Kein Wunder.

Ich habe mir etwas vorgemacht.

Ich habe die Augen verschlossen, solange es ging. Ich habe nicht an die Konsequenzen gedacht und, ohne nachzudenken, meinen Bauch gefüllt.

Ich habe das Wissen verdrängt.

Essen macht dick. Ich gehe aus der Form. Das paßt mir nicht. Ich habe eine andere Vorstellung von mir. Und eins ist gewiß. Will mag keine dicke Frau.

Mein Herz klopft so laut, als habe es etwas sehr erschreckt.

Ich werde eine Diät machen, verspreche ich meinem Spiegelbild.

Morgen ist ein guter Tag.

Morgen ist Montag.

Morgen fange ich an.

Ursel hat alles schön hergerichtet. Ursel gibt mir zur Begrüßung einen Kuß auf die Backe. „Euch sieht man ja überhaupt nicht mehr", meint Hans. „Wie weit seid ihr denn?" Will greift die Frage auf und entspannt sich beim Erzählen. Ich finde es gut, wenn Will hier mal alles loslassen kann. Den Frust im Geschäft, die Schwierigkeiten mit den Angestellten, Probleme, die sich mit dem Bau ergeben. Will rührt im Kaffee und spricht. Mein Blick hängt an den Tortenstücken. Linzer und Käsesahne. Ursel fordert mich auf, mich doch zu bedienen.

Die Käsesahne schmeckt köstlich. Ein dünner Mürbteigboden, ein Hauch von Aprikosenmarmelade darüber. Weicher Biskuit, dazwischen duftige Quarksahnecreme. Das Glück liegt auf dem Teller. Es wandert in meinen Magen, dort verströmt es und meldet Genuß an mein Gehirn. Genuß ist beschränkt. Man darf nicht übertreiben, nicht zu viel wollen. Man muß einteilen können, verzichten, nein sagen, ablehnen. „Probier doch die Linzer Torte noch", sagt Ursel. Und ich lass' mir bereitwillig ein Stück auf den Teller legen.

AUGUST

EINE DIÄT muß man planen. Ein Konzept erstellen. Die passenden Zutaten einkaufen, kalorienarme Lebensmittel usw. Ich habe nichts im Haus. Eine halbe Scheibe Brot am Morgen ist doch ein guter Anfang. Den Zucker lass' ich aus dem Kaffee. Nur ein Quentchen Milch und hauchdünn die Marmelade.

Will sitzt mir beim Frühstück gegenüber und streicht dick die Butter auf sein Brot. Ich überlege mir, ob ich ihm von meinen Diätplänen erzählen soll. Aber dann lass' ich es lieber. Ich möchte nicht, daß er mich beobachtet, daß er einen kritischen Blick auf meine Portionen wirft, daß irgendein Vorwurf kommen könnte. Heimlich, still und leise, noch bevor Will sich negativ über meine Hüften äußern kann, werde ich die paar Kilo verlieren.

Puppe und ich haben ein neues Thema: „Abnehmen". Aber Puppe hat damit nichts im Sinn. Dünn wie eine Bohnenstange, hat sie gut reden. Abnehmen, klar. „Du ißt weniger, sparst dadurch Kalorien ein und nimmst ab. Basta." Ich betrachte mir die Frauen in unserer Bank. Die dünnen und die dicken. Richtig fett ist keine bei uns. Elvira, an die könnte ich mich halten. Elvira hält sich eisern an ihren Plan. Mittags in der Pause ein Joghurt natur, dazu einen von diesen grünen Äpfeln. Abends fettarm gekocht und viel Salat. Täglich die gleiche Tour. Elvira demonstriert mir Disziplin und Durchhaltevermögen. Warum soll ich das nicht auch schaffen?

In der Mittagspause stehe ich im Supermarkt. Knäckebrot und Joghurt, grüne Äpfel in den Korb. Mit Entschiedenheit steuere ich den Einkaufswagen an die Kasse. Vorbei an den Erdbeerkörbchen, den Schokoriegeln, den Erdnußdosen. Alles Gift, sage ich mir, alles ungut für den Körper, schlecht für die Linie. Ein Netz mit Grapefruits greife ich mir noch.

Meine erste Probe kommt auf der Fahrt zum Bau. Ich packe die Kaffeestückchen aus der Tüte. Vier Teilchen, wie immer. Langsam beiße ich in meine Portion, teile mir die Bissen ein, sehe stetig aus dem Fenster, als interessierten mich die Autos auf der anderen Spur. Will hat sein zweites Stückchen verspeist. Ich biete ihm das dritte Hörnchen an, behaupte keinen Hunger zu haben, und sehe zu, wie er herzhaft hineinbeißt. Hörnchen mit Nußfüllung, herrlich. Das Wasser läuft mir im Mund zusammen. Endlich ist das Stück in Wills Mund verschwunden.

Was hab' ich mir da vorgenommen! Unbefangen zu essen und zu genießen, dem habe ich für eine gewisse Zeit abgeschworen.

Kaum angefangen, fange ich schon an zu trauern.

Ich muß das Positive sehen. Mich in meiner Idealfigur vorstellen, physisch ein wenig vollkommener.

Auf dem Handschuhfach liegt eine alte Zeitung. Auf der letzten Seite die Angebote der Schlankheitsindustrie. Ihre Parolen brennen sich in mein Hirn.

„Machen Sie was aus Ihrer Figur."

„Wir helfen Ihnen, Ihre Pfunde zu verlieren."

„Trinken Sie sich schlank mit unserem neuen Multi-Vitamin-Konzentrat."

„Abnehmen mit Lust und Laune."

Hilfsangebote überall. Was andere können, das schaffe ich auch.

Ich muß einfach.

„Was ist heute dran?" frage ich meinen Mann. „Wir imprägnieren die Fensterrahmen."

Will richtet mir Pinsel und Farbeimer. „Flach ansetzen, mit lockerem Schwung den Arm bewegen", erklärt er mir. Es ist keine unangenehme Arbeit, die Fenster zu lasieren. Kein unangenehmes Bücken, ich kann mich etwas umschauen dabei. Auf der Wiese nebenan steht ein Mann und mäht das Gras. Ritsch-ratsch fällt der Hahnenfuß der Sense zum Opfer. Manchmal bleibt der Mann stehen und schärft die Sense mit einem Wetzstein. Er schiebt die Kappe in den Nacken und zieht seine Jacke aus. Gegenüber fährt ein rotes Auto vor und hupt. Zwei Kinder springen aus einer Haustür mit Basttaschen und einem Badelaken über dem Arm. Bestimmt fahren sie ins Schwimmbad.

Mein T-Shirt klebt an mir. Das Thermometer zeigt achtundzwanzig Grad.

Ein Eis wäre jetzt schön oder eine Kaltschale. Ich unterbreche meine Arbeit und gehe in den Keller. Dort stehen Kästen mit Bier, Mineralwasser und Apfelsaft.

Das Quellenwasser gluckert in meinem Bauch, der sich reichlich hohl anfühlt. Ich sehe mich im Keller um. Hier werden bald Regale stehen mit meinen Vorräten, einer Waschmaschine, Wills Weinkisten. Jemand hat sich hier schon etabliert. Eine Spinne spannt über der Neonleuchte ihr Netz. Soll sie sich doch hier einrichten und auf Mückenfang gehen.

Will kommt vorbei und schaut, ob ich mit meiner Arbeit zurechtkomme. Aus dem Kofferradio dröhnen die „Rolling Stones". Der Moderator sagt eine neue Gruppe an. „Und jetzt serviere ich Ihnen die neuesten Hits von ..." Ich fühle mich nicht angesprochen.

Zusammenpacken und aufräumen, gebrauchte Pinsel in Terpentin stellen. Alle Türen gut verschließen, die Fenster kontrollieren. Eine Treppe hinuntergehen, die dick mit Wellpappe abgedeckt ist, damit das Eichenholz nicht verkratzt. Die Haustüre sichern.

Feierabend.

Heute koche ich nicht. Ein kaltes Abendessen tut es auch. Keine verführerischen Dämpfe. Ich richte einen Holzteller mit Schwarzwälder Schinken, ein Glas Senfgurken, dazu Bauernbrot, eingelegte Mixed Pickles und rote feste Tomaten.

Ich habe solch einen Hunger. Zwei Scheiben Brot erlaube ich mir, ein kleines Stück Schinken ohne Fettrand und Gurken genug.

„Ich bin satt", sage ich zu Will. Oder mehr zu mir selbst? Hungrig! Satt!

Worte, die mich fortan beschäftigen.

Freitag!

Kein Einsatz auf dem Bau heute. Dafür habe ich meine Pflichten im Haus. Jeden Freitag bin ich mit der Treppe dran. Schließlich benutzen wir sie auch, und die kleine Frau legt großen Wert auf ein blitzblankes Treppenhaus. Der rote Belag wird gefegt, gewischt und gebohnert. Schnell entledige ich mich dieser ungeliebten Aufgabe.

Die Treppe ist überhaupt nicht schmutzig. Ich klappere laut mit dem Handfeger. Es gelingt mir sogar, ein Lied dabei zu summen. Fertig! Weg mit dem Putzzeug!

Will packt seine Sporttasche. Sein Basketballteam erwartet ihn zum Training. Für mich bedeutet das, einen Abend für mich allein zu haben. Ich bin gern allein mit mir. Ich gehe durch mein kleines Privates und fühle mich wohl. Ich höre Beethoven und setze mich in den blauen Schaukelstuhl.

Im Kühlschrank steht eine Schüssel mit Wurstsalat für den nächsten Tag. Das Bild der lecker angerichteten Wurstscheiben mit Ei und Käse vervielfältigt sich in meinem Kopf. Ich muß mich ablenken, etwas tun, mich um meine Pflanzen kümmern.

Auf der Küchenfensterbank gedeiht der Zierpaprika zwischen den Fleißigen Lieschen, die Mimose neben dem Flammenden Käthchen. Ich zupfe die welken Blätter ab, gebe abgestandenes Wasser auf die Erde, drehe alle Töpfe um hundertachtzig Grad und mache im Wohnzimmer weiter.

Wenn wir erst da draußen wohnen, werde ich mir eine Zimmerlinde kaufen und auf dem Balkon Petunien und Geranien züchten.

Die Pflanzen sind versorgt. Ein Griff in die Schubladen mit den Journalen. Ich blättere. Seite um Seite treten sie mir entgegen, die makellosen Gesichter, die grazilen Figuren, die überaus gepflegten Erscheinungen. Alle diese Aufforderungen zu Massage, Gymnastik, Konditionstraining, Maniküre, Pediküre, Peeling machen mir ein schlechtes Gewissen. Sie suggerieren mir, Schönheit verlange intensive Beschäftigung mit dem Körper, regelmäßige Besuche beim Friseur und der Kosmetikerin, vernünftiges, fettarmes Essen. Ich muß nur alle diese Tips befolgen, und schon wird aus mir eine anziehende Person.

Dabei würde ich mich so gerne gehen lassen, gelöst sein, etwas Gutes für mich kochen. Doch das widerspricht dem Wunschsatz in meinem Kopf, der mich aufwerten würde, der mir mein Gleichgewicht zurückgäbe: „Du hast ja abgenommen."

Einen attraktiven Körper bekommt man nicht geschenkt. Da ist viel machbar mit etwas Disziplin, Ausdauer und gutem Willen. Es ist möglich, die Taille zu modellieren, den Bauch flach zu bekommen, dem Ausmaß der Oberschenkel Grenzen zu setzen. Ein tiefes Seufzen entringt sich mir beim Anblick all der hübschen jungen Frauen, die ihre Gelüste im Griff haben, die Verzicht üben und den kontrollierten Genuß beherrschen.

Eine halbe Salatgurke liegt auf meinem Teller, in dicke Scheiben geschnitten, die ich Stück für Stück aufknabbere.

Im Kühlschrank steht eine Schüssel mit Wurstsalat, mit Käsestreifen und Zwiebelringen pikant abgeschmeckt. Ich schlage das Heft zu und setze den Kopfhörer auf. Beethovens „Eroica" auf voller Lautstärke, das besänftigt.

Meine Bücher, meine Freunde. Es bleibt mir keine Zeit für euch. Wie gern würde ich mich in die Geheimnisse eurer Seiten vertiefen, mich einkuscheln auf der Couch! Da rollen sich fremde Schicksale vor mir auf, da empfinde ich die Schwierigkeiten des Zusammenlebens nach und höre von neuen Strickmustern in Paarbeziehungen. Wie bunt und vielfältig doch das Leben ist und wie grenzenlos allein oft der einzelne Mensch!

Was bedauere ich mich? Geht es mir etwa schlecht? Sehe ich nicht die grausamen Bilder in den Nachrichten? Ganze Völker leben in Krieg und Elend. Welchen Grund habe ich, mir eine Depression zu leisten? Wie töricht von mir, vom Leben alles zu erwarten! Kann ich nicht lernen, ein bißchen Verzicht zu üben?

Meine Kollegin Bea erwartet ein Strauß Gladiolen zum Geburtstag. Sie hat uns etwas zum Kaffee mitgebracht. Seit dem frühen Morgen steht im Aufenthaltsraum, im Kühlschrank, eine Schwarzwälder Kirschtorte. Schon zweimal habe ich den Eisschrank aufgemacht und mich am Anblick der Torte ergötzt. In welchen Konflikt mich das bringt, schließlich bin ich doch dabei, abzunehmen. Ein Stück essen? Zwei Stück kommen gar nicht in Frage. Oder etwa ein Ministückchen, oder bitte ich Puppe nur um einen Bissen von ihrem Teller?

Ich werde abwarten und mich später entscheiden.

Dieses moderne Bankgebäude hat eine Klimaanlage. Es ist uns nicht erlaubt, die Fenster zu öffnen. Wie grotesk. Draußen hängt ein frischer Wind in den Zweigen, und wir sind hier in diesen Kasten eingesperrt. Manchmal verstoßen wir gegen das Gebot und lassen durch den ganzen Flügel frische Luft herein. Der Jasminduft parfümiert die ganze Gartenanlage. Die Obdachlosen haben sich wieder am Teich versammelt. Laut gestikulierend hält einer eine Ansprache. Trotz der Wärme trägt er einen abgerissenen Mantel. Bea ruft uns zum Kaffee. Zwei Tische hat sie aneinandergerückt. Die roten Gladiolen leuchten zwischen dem einfachen Geschirr. Zu meiner Überraschung hält die „Joghurttreue" ihren Teller bereit und läßt sich das erste Stück Schwarzwälder auflegen. Ich warte, bis alle bedient sind, und lass' mir als letzte ein Stück auf den Teller geben.

Schon fangen die Gespenster in meinem Kopf zu streiten an. Zwei Stimmen in der Brust. „Einmal ist keinmal!" sagt die eine. „Schwächling!" höhnt die andere. Sie lassen mir keine Ruhe. Ich esse ohne Vergnügen.

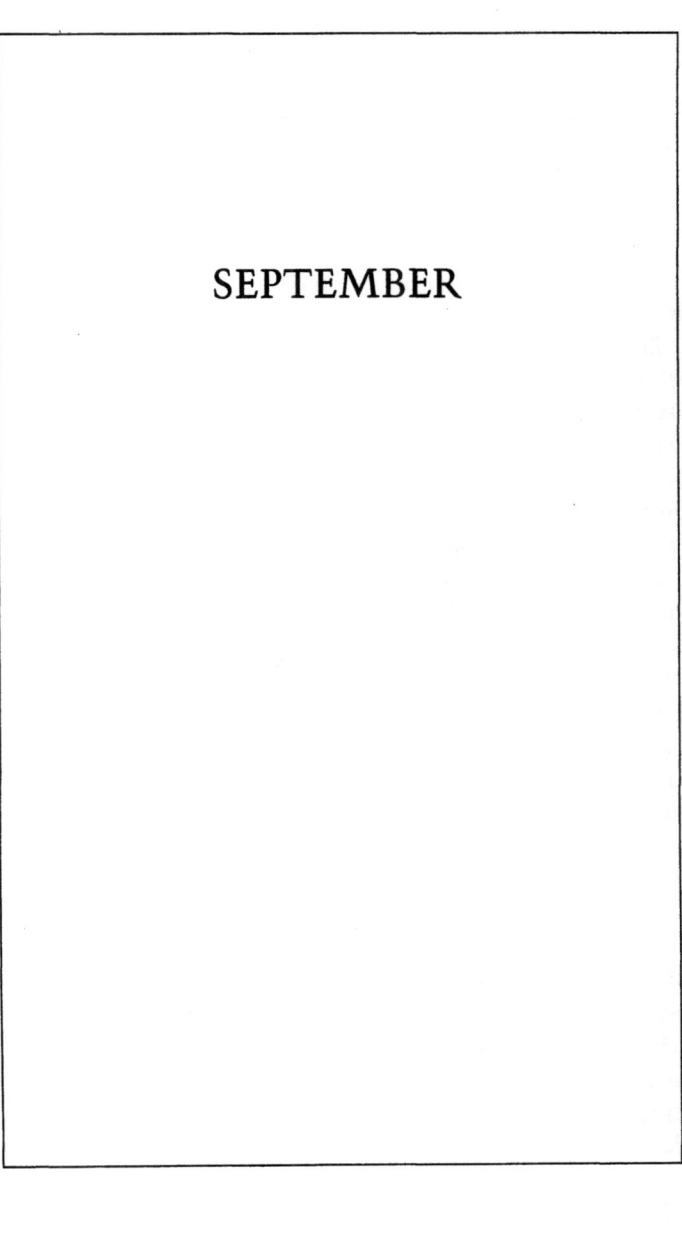

SEPTEMBER

So GEHT es nicht.

Einfach weniger essen ist nicht der richtige Ansatz. Ich muß es anders beginnen und ein richtiges Eßprogramm erstellen. Da brauche ich nicht lange zu suchen. Die Titelseiten der Frauenzeitschriften wissen, woran wir Frauen leiden. Ich habe die freie Auswahl. Bunte Bilder mit köstlichen Gerichten. Raffinierte Salate, appetitlich aufgemacht, mit ausgewogenen Zutaten. Ein Wochenplan scheint mir sehr vernünftig.

Mit meinem Einkaufszettel stehe ich im Laden und hake meine Liste ab. Das Mittwochsmenü scheitert am Dorschfilet. Ich entschließe mich zu einem Kompromiß und wähle Kabeljau aus der Tiefkühltruhe. Schafskäse finde ich auch nicht im Sortiment. Dill gibt es nicht mehr, die Lachsröllchen sind mir zu teuer, und Lachsersatz, der vor Öl trieft, kommt natürlich nicht in Frage. Tiefes Seufzen an der Kasse. Ein Päckchen Kaugummi ohne Zucker wäre nicht schlecht. Damit kann ich wenigstens meinen Mund beschäftigen.

Ich bin überhaupt nicht dick.

Jedenfalls im Moment noch nicht. Die Waage zeigt statt der üblichen 58 Kilo knappe 61 Kilo an. Das ist nicht bedenklich bei meiner Größe von ein Meter fünfundsechzig. Doch ich sehe mich auf eine schlimme Entwicklung zusteuern. Mein ungeheurer Appetit muß gebremst werden. Wo führt das sonst hin? Den drei Kilos werden bald weitere folgen, und ich habe das Nachsehen.

Ich will nicht zunehmen. Ich will werden, wie ich war. Wenn ich mein Essen nicht kontrolliere, werde ich mich bald nicht mehr ausstehen können und Will nicht mehr gefallen.

Ich weiß, daß er korpulente Frauen nicht attraktiv findet. Außerdem ist er selber nur ein Strich, dazu paßt kein molliges Gegenüber.

Ich lege mir eine Gewichtskurve an, mache meinen Eintrag, Ausgangsgewicht, verfolge über eine Woche meine Entwicklung zur dünnen Frau, die ich akzeptieren könnte.

Ich hangle mich von Mahlzeit zu Mahlzeit. Erlaubt ist, was schlank macht. Die krausen Salatblätter liegen verloren auf meinem Teller, das Kartöffelchen macht nicht viel her, und dem Ministeak fehlt der Klecks Kräuterbutter.

Ich sehne mich nach ganz anderen Dingen. Nach Reisbrei mit Zucker und Zimt, nach Vanillepudding mit Himbeersirup, nach Kaiserschmarren mit viel Rosinen oder nach einer Sauce hollandaise über dem Blumenkohl. All diese Dinge sind mir verboten. Dafür löffle ich fünf Löffel Magerquark mit Süßstoff und einer mickrigen Scheibe Ananas.

Ella ruft an. Sie hat Erfahrung mit Diäten. Ella ist mehr als dick und nähert sich stetig den zwei Zentnern. Wie viele Gespräche haben wir schon geführt. Ich habe Ella schon dies und das geraten, ohne Erfolg. Ella wandert von Diät zu Diät und sammelt Erkenntnisse darüber. Ihr Umfang ist mir ein warnendes Beispiel. Wie kann meine Freundin damit leben? Jeder Vergleich mit einer anderen Frau muß doch unweigerlich gegen sie sprechen.

Der Unterschied ist nur, daß meine Freundin dabei gelassen bleibt. Ella nimmt ihr auffallendes Übergewicht mit Humor. Ich stelle mich schon mit ein paar Kilo mehr in Frage, und mir ist gar nicht zum Lachen zumute. Ella wird nicht hysterisch, wenn sich wieder ein neues Pfund angesammelt hat. Sie steht zu ihrem Gewicht und mischt sich völlig unbefangen unter die Leute. Nur der Gesundheit wegen, den Knochen zuliebe, das sieht die Gute ein, wären etliche Kilo weniger wirklich angebracht. Wenn ich so wie Ella aussehen würde? Ich glaube, ich traute mich nicht mehr aus dem Haus. Schon gar nicht an der Seite von Will.

Ella hat keine Empfehlung für mich.

Sie ignoriert die Thesen der Gesellschaft.

Dicke entsprechen nicht dem gängigen Frauenbild.

Dicke gibt es genug. Und für jeden die richtige Diät. Hunderte! Ich brauche nur zu wählen.

Die Badewanne kommt. Die Waschbecken und Kloschüsseln werden geliefert. Paul wuchtet die guten Stücke die Treppe hinauf. So langsam bekommt das Haus Atmosphäre.

Will legt Sandsteine von der Haustür bis zur Straße, der Elektriker installiert eine Sprechanlage.

Es geht doch aufwärts. Weshalb die Melancholie? Kein Lächeln im Gesicht, während ich Dreck und Schutt auf die Schaufel kehre. Eine Nachbarin steht plötzlich im Türrahmen, mit einem großen Kuchenblech im Arm. „Wenn so geschafft wird, muß man mal Pause machen", sagt sie und überreicht mir einen Kirschkuchen. „Das ist ja eine Überraschung", bringe ich heraus und bitte die Frau, sich ruhig umzusehen. Mit den Händen in der Kittelschürze, folgt sie mir durch die Zimmer. „Schön wird's", murmelt sie anerkennend. Sie bewundert den offenen Kamin, die dekorativen Kacheln, die angefangenen Holzdecken. „Aber Arbeit", meint sie abschließend und „Gell, so ein eigenes Haus ist doch ein Glück." Dann geht sie wieder mit dem Angebot, ruhig bei ihr nachzufragen, wenn es mal an etwas fehlen sollte.

Da stehe ich nun mit meinem Geschenk. Ich trommle Paul und die Elektriker zusammen und schneide breite Kuchenstücke aus.

Welch eine Verführung, dieser Kuchen! Wie verhält man sich bei nicht kalkulierbaren Ereignissen in einer Diät? „Greift zu!" sage ich zu den Männern.

Warum soll ich mich ausschließen? Schnell ist das halbe Blech geleert. Die Männer gehen an ihre Arbeit zurück, ich räume auf. Der Kirschkuchen schmeckt nach Vanille, nach Butterstreuseln. Schon der Gedanke daran macht mir den Mund wäßrig. Bis zum Feierabend sind vier Stück in meinem Magen verschwunden.

Ich hadere mit mir.

Stimmen werfen mir Genußsucht und Labilität vor.

Ich bestrafe mich mit dem Entzug des Abendessens.

Will fragt nicht, weshalb mein Teller leer bleibt. Ich beuge meinen Kopf über eine Illustrierte. Ich mag nicht hinsehen, wie mein Mann sich ein zweites Mal Nudeln auf den Teller häuft, wie ihm das Bier schmeckt, während ich an meinem Früchtetee nippe. Mein Magen grummelt böse. Ich leide an Hunger und Lieblosigkeit. Will ist es egal, wie ich mich fühle. Ich hätte große Lust, ihn anzuschreien, nur um meinen Frust loszuwerden. Ich hätte große Lust, mir in der Küche heimlich all das zu holen, was ich mir am Tisch verboten habe.

Meine Wut drückt sich darin aus, daß ich unnötig laut mit den Schranktüren klappere, mich früh ins Bett zurückziehe, mich selbst bedauere und nach und nach ein Feindbild entwerfe. Was für ein gefühlloser Mensch an meiner Seite lebt! Wieso hab' ich ihn bloß geheiratet?

Ich bin der Miesepeter, eine, die Launen entwickelt und tief unzufrieden ist.

In welch ein Dilemma bin ich da geraten!

Wär' ich dünn, wär' ich froh.

Wär' ich froh, wäre vielleicht auch Will anders zu mir.

Die Touristen bevölkern meine Stadt. Den Fotoapparat vor der Brust bannen sie die Sehenswürdigkeiten ins Viereck.

Der Himmel trägt ein unbeschreibliches Blau. Auf dem Nekkar blitzen Segelboote in der Sonne, und auf den Uferterrassen tummelt sich das Volk. Die jungen Mädchen kokettieren mit entblößten Schultern und hennagefärbten Haaren. Manche liegen ausgestreckt im Bikini und präsentieren ihre weiße Haut.

Etwas Lässiges liegt in der Luft, kräuselt das Wasser, verweht die abgefallenen Rosenblätter. Die Menschen tragen die Gute-Wetter-Freude auf dem Gesicht, und das Eis schmeckt in der Waffel. Ich habe mich für eine Stunde mit dem Rad weggeschlichen, während Will seine Sportsendung sieht.

Ich atme so schwer. In mir ist keine Leichtigkeit des Sommers, kein unbeschwertes Tagesgefühl, kein Loslassen der Dinge, die mich bedrücken. Wie eine dunkle Wolke lastet das Morgen auf mir. Nichts Konkretes gibt es zu fürchten. Was ist das X in meiner Gleichung? Ich rätsele vor mich hin. Ich bin sowieso ein mathematisches Untalent. Niemand fragt nach meinen Sorgen. Ich wüßte auch gar keine konkrete Antwort darauf. Aber das Unbehagen wächst wie ein Embryo in der Schwangerschaft, es macht sich breit in mir. Ich kann nicht mehr als das wahrnehmen und versuche mich in allerlei Deutungen. Mich hungert so sehr. Nach Nahrung, nach Liebe und Zärtlichkeit. Ich reibe mich auf bei dem Versuch, meinen Körper in ein neues Korsett zu zwängen. Diät halten ist eine Zwangsjacke, die ich mir freiwillig angelegt habe. Dafür muß ich doch belohnt werden. Aber meine Waage ist unerbittlich. Es scheint, als ignoriere sie all meine Bemühungen.

Ich fühl' mich total angespannt. Meine Gedanken gehen über einen bestimmten Punkt nicht hinaus. Mit leerem Bauch geht das Überlegen auch nicht gut.

Ich habe keine Ahnung, wie andere das machen mit dem

Einschränken, mit dem Verzichten auf jede Form von Süßigkeiten.

Ich behandle mich nicht gut, dann soll doch wenigstens Will mich auffangen in meiner Trübseligkeit.

Im Radio höre ich einen Werbeslogan von einer Diät, die Spaß macht und die in einer Woche vier Kilo Gewichtsverlust garantiert. Welch eine Lüge!

Die Zeit der freien Auswahl ist vorbei, magere Kost ist angesagt. Ich sehne mich nach Wills Nähe, ich will mich nur anschmiegen und ruhig verharren. Aber Will versteht das anders. Für ihn ist mein Schmusen Aufforderung. Und ich habe keine Lust auf die Lust.

Ich bin nicht gut im Neinsagen. Ich erfinde auch keine Ausreden, und Migräne ist auch kein Thema für mich.

Was ist aus uns geworden! Die Liebe ist kein Fest. Einmal war sie leichtfüßig und voller Albernheiten. Was sind jetzt für abstruse Gedanken in meinem Kopf wie – ein Orgasmus verbraucht einhundertfünfzig Kalorien.

Da ist kein gemeinsames Schwingen in glücklichen Zuständen. Nur etwas Erleichterung, als es vorüber ist. Das gibt mir wieder zu denken. Ich streife es nicht ab mit dem Seifenschaum unter der Dusche. In meinen Poren bleibt eine unbestimmte Angst haften. Ich will eine Frau sein, die ihrem Mann entgegenkommt, die sich begehren läßt.

Zweifel, Angst, Trotz, welch eine unverdauliche Mischung!

In meinem Bekannten- und Freundeskreis sprechen die Frauen über alle Themen. Von den Menstruationsbeschwerden bis zum Häkelmuster, von den neuen Kochrezepten bis zum Geburtserlebnis. Über ihre Liebesnächte sprechen sie nie.

Vier Wochen habe ich durchgehalten. Mich gequält, Kalorien errechnet, alles abgewogen, mit dem Brot und den Nudeln gegeizt, mir die Schokolade verweigert. Das Ergebnis steht nicht im Verhältnis zum Aufwand.

Wo immer ich mich aufhalte, bringe ich das Gespräch aufs Abnehmen. Ich registriere alle Äußerungen, Ratschläge, Ansichten. Frau Schneider schwört auf ihren Reistag. Den ganzen Tag nur Reis, igitt! Das gleiche ist mit Obst und Säften möglich. Ich mag doch Früchte.

Ein Wochentag vitamin- und ballaststoffreich ernährt – mir scheint, daß ich das aushalten könnte.

Was für ein Vergnügen, über den Markt zu bummeln, den Korb zu füllen mit den Farben des Sommers. Pfirsiche und Birnen werden mir in Tüten gefüllt, eine Ananas wähle ich unter vielen. Blaue Weintrauben, Aprikosen und Bananen.

Am Brunnen bleibe ich sitzen und lasse meine Blicke über das bunte Treiben wandern. Dabei beiße ich kräftig in meinen Apfel.

Dort stapeln sich die Kisten, da zieht die Großmutter ihren Wagen hinter sich her, und die Porreestangen stehen schräg aus der Tasche.

An den Blumensträußen muß ich noch vorbei. Mir gefallen die Wicken, die Kornblumen, der Mohn in seinem unverschämten Rot und das kräftige Orange der Ringelblumen.

Mit meinen Schätzen gehe ich nach Hause. Der Korb wippt auf und ab, mir ist zum Summen zumute.

Ich weiche unsere Wäsche ein. Ein Eimer bunt, ein Eimer weiß. Die kleine Frau will es so. Sie steckt, nachdem sie alles mit ihren dünnen Armen ausgewrungen hat, unsere Sachen in die Waschmaschine, schleudert, hängt auf, hängt ab und legt mir den Arm frische Wäsche auf meine Couch. Will ist allein auf dem Bau, ich habe eine Menge Hausarbeit.

Eigentlich müßte ich bügeln, doch es zieht mich ins Freie.

Ich fahre gegen den Wind, hinaus in einen Vorstadtteil. Hier bin ich noch nie gewesen. Alles lädt zum Schauen ein. Die hübsch gestalteten Hauseingänge, die Fensterläden mit ausgestanzten Herzen und Kringeln.

Kleine Siedlerhäuschen, an denen der Spitzwegerich wuchert. Eine Clematis wächst über die Dachrinne hinaus, die Ranken schaukeln leise im Wind.

Die laue Luft ist ein heilsames Pflaster, getränkt mit den wunderbarsten Düften, beruhigt sie die aufgebrachten Herzen und vermittelt den Eindruck, alles sei irgendwie in Ordnung.

Vergessen könnte man die Realität der Fernsehbilder, die von fernen Kriegen berichten, so heiter und aufgeräumt erscheint hier die Welt.

Ich lande vor einem hohen eisernen Tor. An der Sandsteinmauer ist eine Tafel angebracht, die Friedhofsordnung. Hier wird gemaßregelt, von wann bis wann die Toten zu besuchen sind. Keine Hunde, keine Räder, nur Kinderwägen und Rollstühle dürfen die Kieswege benutzen. Einen Augenblick bin ich versucht, mein Rad abzuschließen, so fordert die Stille mich auf einzutreten. Aber dann schwinge ich mich erneut auf den Sattel und trete in die Pedale.

Wieder lande ich am Fluß. Wie ein Mäanderband schlängelt er sich durch die Landschaft. Ich setze mich auf eine Bank und beobachte einen Graureiher, der wie ein Pfeil aus dem Ufergebüsch abschwirrt.

In meiner Tasche habe ich noch zwei Aprikosen. Die letzten der zehn, die ich mir gekauft habe. Süß und samtig ist das Fruchtfleisch. Ich behalte den Kern im Mund. Lutsche an ihm, stoße ihn mit der Zunge hin und her.

Will verliert beim Abendessen kein Wort über das Obst auf meinem Teller. Für ihn allein habe ich mich hingestellt und die fetten Kartoffelpuffer gebacken, die er so gerne ißt.

Ich kann nicht erwarten, daß mein Mann wegen mir hungert, nur weil ich ein bißchen zuviel drauf habe. Aber es kränkt mich, daß er kein Wort des Lobes für meine Bemühungen hat.

Für Will ist immer alles selbstverständlich.

Eine Hitze ist das.

Man stöhnt, man sehnt sich immerzu nach der Dusche. Die Getränkebetriebe machen einen Heidenumsatz und beim Bertolini in der Hauptstraße stehen sie Schlange um ein Eis.

Will sägt Fußleisten auf Maß. Ich beize inzwischen die gefrästen Leisten und lege sie zum Trocknen auf Holzböcke.

Ich denke an Ella, die heute nach Spanien fährt. In vierzehn Tagen beginnt mein Urlaub. Das bedeutet Endspurt im Haus. Diesmal keine Fahrt nach Italien, kein Wiedersehen mit den sanften Hügeln der Toskana. Wir bauen ein Haus, da muß man sich zusammenreißen, vernünftig sein, an die Zukunft denken.

Immer wieder versuche ich mir vorzustellen, wie es wohl sein wird, in diesem Dorf zu leben. Doch ich weiß, daß ich die Wirklichkeit nicht vorwegnehmen kann.

Der Sprudel ist uns ausgegangen. Ich lauf' runter ins Dorf und will gleich beim Metzger etwas zum Abendessen einkaufen. Die üblichen Läden hat es hier. Der Konsum, zwei Bäcker, der Metzgerladen, auch eine Apotheke und sogar ein Heimatmuseum hat das Dorf.

Im Laden stehe ich hinter einer Frau, die eine ganze Menge in ihre Einkaufstasche füllt. In einer Ecke ist ein großer Stapel Konserven aufgetürmt. Dahinter ein Spiegel. Wenn ich einen Schritt zurücktrete, sehe ich mich von der Seite. Abgeschnittene Jeans, derbe Knie, ausgelatschte Turnschuhe. Mein T-Shirt verwaschen und fleckig von allerlei Materialien. Die Haare habe ich mit einem blauen Tuch zurückgebunden.

Keine schöne Erscheinung zeigt dieses Spiegelbild. Zum Friseur müßte ich dringend. Der Pony hängt tief in die Stirn. Wegen der Hitze hab' ich mich des BHs entledigt.

Die Verkäuferin packt mir meine Wünsche ein und legt eine Scheibe Wurst auf die Tüte. Ich bedanke mich und verlasse den Laden. Das Stückchen Lyoner macht mir Appetit auf mehr. Unterwegs packe ich den Wurstring aus und beiße kräftig hinein. Ich denke an nichts. Ich kaue und schlucke, und meine Füße gehen automatisch den Weg zurück.

Im Schaufenster der Apotheke hängt ein großes Plakat. Es zeigt eine gutaussehende junge Frau, die lachend in einen Apfel beißt. Darunter steht: „Schlagen Sie Ihrem Hunger ein Schnippchen, nehmen Sie Recatol." Ob mein Geld noch reicht? Die Frau in der Apotheke wirkt sehr seriös in ihrem weißen Kittel. Ich frage nach Nebenwirkungen der Pillen. „Unbedenklich", sagt sie lächelnd, „ich nehme sie auch." Schlank steht sie da, selbstbewußt und mit perfektem Make-up. Mit feuchten Händen lese ich meine Münzen zusammen und stecke das kleine Schächtelchen in meine Tasche.

Will bemerkt meine Müdigkeit, die Anspannung, die Doppelbelastung und daß da noch etwas ist. Doch er ist viel zu beschäftigt mit handwerklichen Dingen, mit den Problemen im Betrieb, mit unserer finanziellen Situation. Ich spüre es sehr deutlich, diese Abgrenzung zwischen uns. Ich bringe es nicht fertig, diesen Mann, der so viel Stärke ausstrahlt, mit meiner Schwäche und Ohnmacht zu konfrontieren.

Mit meinen Diätbemühungen komme ich nicht klar. Obsttage sind mir einfach zu einseitig. Ich sehe keinen Ausweg aus dieser Sackgasse. Am liebsten wäre mir, Will würde mich in den Arm nehmen und mich freisprechen von meinen selbstauferlegten Qualen und mir versichern, daß ich so, wie ich bin, bleiben soll, daß er mich liebt mit allen Unebenheiten, daß es nicht nötig sei, irgend etwas zu verändern.

Unser Hausbau liegt im Endspurt.

Jetzt gilt es, die Zähne zusammenzubeißen und durchzuhalten. Die Gedanken wandern wie Treibsand im Kopf herum. Manchmal beruhigt sich alles ein wenig, und ich bagatellisiere meine Schwierigkeiten. Das Kind-Ich und das Über-Ich unterhalten sich. „Ist doch alles nicht so schlimm. Es kommt alles in Ordnung, es wird sich einrenken, in Luft auflösen, wenn wir erst einmal umgezogen sind. Schuld ist der Streß, die ungewöhnlich belastende Situation." Warum nehmen andere bei Streß ab, und es vergeht ihnen der Appetit? Warum muß ich essen?

Ich bin nicht versöhnt mit meinem Äußeren. Ich habe mich dazu entschlossen, meine Gebote und Verhaltensmaßregeln für eine Weile über Bord zu werfen. Weg mit dem erhobenen Zeigefinger.

Von Frieden in mir keine Rede, aber ein fest abgesteckter Waffenstillstand.

Erst mal den Umzug hinter mich bringen, dann werde ich mit frischem Mut meine Probleme in Angriff nehmen.

Will und ich sitzen auf der Couch und sehen uns Muster von Teppichböden und Kacheln an.

Mit meinen Gedanken bin ich abwesend. Ich sitze wie neben mir und registriere die widerstreitenden Empfindungen.

Ich spüre diesen Wechsel in unserer Beziehung und verzehre mich in der Sehnsucht nach dem frühen Zustand unserer Liebe. Warum ist alles auf einmal kompliziert? Die magische Anziehungskraft hat sich in seelische Isoliertheit verwandelt.

Ein paar Sätze aus einem Buch fallen mir ein. Sie haben sich tief in mir eingeprägt. Da stand: Wir sind im Letzten alle allein. Diesen Urzustand der Einsamkeit zu ändern liegt nicht in unserem Belieben. Man kann sich darüber täuschen und tun, als wäre es nicht so. Das ist alles.

Fülle ich dieses Vakuum mit Essen?

In mir ist gar keine Energie. Ich fühle mich gebremst, schwer von der Bitterkeit meiner Gedanken.

Will ist neben mir. Ich atme den Geruch seiner Haut. Ich brauche nur die Hand auszustrecken, um ihn zu berühren.

Wie erstarrt sitze ich in meinem Schneckenhaus, bewegungslos und stumm.

OKTOBER

INES hat uns zum Grillen eingeladen. Sie beherrscht wie keine andere das ABC der Gastlichkeit. Perfekt zurechtgemacht, erwartet sie uns an der Tür.

Robert serviert die Getränke mit Eis. Ines' Goldohrringe wippen, wenn sie durch den Raum geht. Ihre Nägel sind karmesinrot gelackt, das Haar mit Gel in Form gebracht. Ich halte mein Glas und betrachte meine Nägel. Eingerissen, abgebrochen, strapaziert von den Zementschleiern, die ich von den Badezimmerfliesen heruntergewaschen habe. Auf der Stelle verschließe ich mich ins Bad, zupfe da und dort an mir herum, finde alles an mir mäkelig, und das steht mir auch im Gesicht geschrieben. Es wundert keinen. Ich trage das Prädikat „Gestreßt wegen Hausbau!" mit mir herum, und man fragt mit neugierigen verständnisvollen Blicken, ob wir es denn bald geschafft hätten. Nach ein paar Höflichkeiten darf man sich am Grill bedienen. Auf einer Anrichte stehen die Salate bereit. Radieschen mit Mais, Paprika mit Schafskäse und schwarzen Oliven, Nudelsalat mit Mayonnaise und Schinkenwürfeln. Süßsauer eingelegte Gurken, selbstgemachter Tomatenketchup und der unentbehrliche Kartoffelsalat, mit Eiachteln garniert.

Ich weiß, daß niemand darauf achtet, wieviel ich esse. Trotzdem fühle ich mich beobachtet. Ich lege zwischen den einzelnen Bissen das Besteck ab und bemühe mich da und dort ein Lächeln zu erwidern.

Ich habe drei dieser Helferpillen in meinem Bauch. Kleine rosa Dinger, die mich ein wenig benebeln und dem Wolf in mir Einhalt gebieten. Trotzdem lasse ich mir nach dem Steak noch eine Bratwurst aufreden und nehme von all den Salatschüsseln einen Klacks auf meinen Teller. Ich trinke Pils vom Faß und später, als die Lampions auf der Terrasse glühen, ein paar Gläser Rotwein. Für eine kleine Spanne Zeit umgaukelt mich Wärme, Fülle und Zufriedenheit. Wills Arm liegt wie zufällig auf meinem Arm, und der Alkohol tröstet das kleine Mädchen in mir, das sich nach weiß Gott was sehnt und nicht begreift, was sich da in ihrem Inneren abspielt.

Auf der Fahrt nach Hause bin ich schweigsam. Das Autoradio plappert vor sich hin. Die Nacht scheint sanft und ungefährlich. Einen Stern suche ich mir aus und schicke meine törichten Wünsche zu ihm.

Wills Hand tastet nach mir auf eine Art und Weise, die ich nicht mag. Es scheint mir absonderlich und unverschämt, wie mich diese Hand berührt. Doch mache ich meinen Mund nicht auf und biete ihr nicht Einhalt. Ich nehme meine Empfindungen nicht ernst genug. Außerhalb meiner selbst beobachte ich mein Verhalten. Das „Mein Mann hat ein Recht auf mich" versehe ich mit vielen Fragezeichen. Etwas wie uneingestandene Wut braut sich in mir zusammen, ein Gefühl, das mir angst macht und ich auf jeden Fall einsperren muß. Ich habe keinen Grund, wütend zu sein. Ich kann mich nicht beklagen. Es gibt nichts, was ich Will vorwerfen könnte. Keine Treulosigkeit, kein Mangel an Pflichtbewußtsein. In allen entscheidenden Fragen, was das Haus betrifft, werde ich ernst genommen und aufgefordert, meine Meinung zu äußern. Will ist weder grob noch unfreundlich zu mir. Will liebt mich auf seine Art. Vielleicht ist an diesem Satz etwas dran.

Wir liegen zusammen in unserem selbstgebauten Bett. Will hat es orange gestrichen und mit Dekomaterial beklebt. Wir haben in diesem Bett voneinander gelernt. Unsere Beine verhakeln sich ineinander. Endlich schaffe ich den Absprung vom Seelenschmerz und gestatte mir mein Begehren.

Ein Mensch kann nicht allein sein auf der Welt. Sind wir nicht allesamt abhängig voneinander, wird nicht alles motiviert von unseren Wünschen und Sehnsüchten? Nur eine kleine Frist ist uns gegönnt, wo man weder wünscht noch hofft, wo das Ich und das Du ineinanderfallen zum Nichts und zum Alles, und man atmet nur ein, und schon mit dem Ausatmen beginnt das Bewußtsein zu differenzieren, und der Streit zwischen Verstehen und Fühlen beginnt aufs neue.

Überdeutlich nehme ich alles wahr in unserem kleinen Zimmer. Ein leichter Wind bauscht die Tüllgardine. Meine Augen wandern die Balken an der Decke entlang, an der Lampe vorbei, deren Ziehharmonikaschirm vom Sonnenlicht ganz abgebleicht ist. An der Wand in einer Nische Gobelinstickerei von einer entfernten Tante und neben dem Bett das Bild mit der Nackten. Ein Mädchen vom Land, mit einem natürlichen, bodenständigen Körper, der in nichts an die Modetanten aus meinen Heften erinnert. Mit angezogenen Beinen liegt sie im Gras, der Kopf mit braunen hochgesteckten Haaren ist auf die Seite gedreht, die Arme hält sie leicht angewinkelt. Es scheint, als schlafe die Unbekannte. Eine Birke berührt mit ihren tiefsten Zweigen die Knie der Ruhenden. Schon oft habe ich mit dieser Frau in Gedanken kommuniziert und mich mit ihrem Abbild beschäftigt. Will meint, sie sieht mir ähnlich. Ausgeprägte Hüften, kleine runde Brüste, ziemlich füllige Oberschenkel. Zur Zeit, als dieses Bild gemalt wurde, galten noch andere Ideale, überlege ich. Frau durfte fraulich sein, Hüften haben und einen Bauch statt einem flachen Brett. Der Begriff weiblich sagte etwas ganz Positives aus. Heute heißt das sexy, und man meint damit schmal wie ein Bügelbrett, staksige Beine, unterentwickelte Oberarme. Diesen neuen Normen, diesem Dogma ordnen wir Frauen uns unter. Warum eigentlich?

Sie wird nun umziehen müssen, die Schlafende, zusammen

mit den „Tänzerinnen" von Degas, dem „Lilienfeld" von van Gogh und der „Lesenden" von Renoir, meinem Lieblingsbild.

Die Lockerung meiner Disziplin hat den Staudamm meiner Sehnsüchte eingerissen. Ich muß mich entschädigen für all den verlorenen Genuß. Meine neue Freiheit läßt mich gleich unverschämt werden. Ich lehne die Nougatpralinen nicht ab, die Puppe mir anbietet. Ich esse wieder meine Zuckerstreusel zum Kaffee und trinke Bier zum Abendessen.

Die Befürchtungen, wie sich dieses Verhalten auf meinen Bauch auswirken wird, lassen mich wieder in die Apotheke gehen. Frau Schneider hat mir einen Tee zum Entwässern und eine neue Marke Appetitzügler empfohlen.

Das schlechte Gewissen begleitet mich über den Tag. Weil ich nicht fähig bin, wenn schon keine Diät, dann wenigstens Maß zu halten.

Ich muß dieses Wissen verdrängen, mich sowenig wie möglich damit auseinandersetzen, mich mit meinen Aufgaben ablenken. An Arbeit mangelt es mir nicht.

In unserem kleinen Wohnzimmer stapeln sich die ersten gepackten Kartons. Will ist mit seinen Basketballfreunden im Neubau und macht eine große Aufräumaktion.

Ich verweile mich mit Kramen, Packen und Aussortieren. Die guten Gläser aus Bleikristall, ein Geschenk der Eltern, und kaum gebraucht, das Teegeschirr aus Ton, Stövchen und allerlei Nippes, Väschen und Dosen, lauter Dinge, die ich den nächsten Monaten nicht mehr in Gebrauch nehmen werde, wickle ich in Zeitungspapier. Die Wände sind schon ganz nackt, der Seidenteppich eingerollt. Aufbruchstimmung.

Ich bin eine Karawane. Ich ziehe von Stadt zu Dorf, vom Dorf zur Stadt, das gleiche noch dreimal. Nirgends war es mir bis jetzt vergönnt, Wurzeln zu schlagen. Trennungen reihen sich in meinem Leben wie Perlen an einer Kette. Trennung vom Ort der Geburt, von den Großeltern, vom Vater, der uns wegen einer anderen Frau verließ, Trennung von den Kulissen meiner Schulzeit, von der besten Freundin, von der Mutter, die im gleichen Jahr starb, als ich in diese Stadt hier zog. Jetzt heißt es wieder einmal neu beginnen, im Zweitausendseelendorf, wo uns billiges Bauland angeboten wurde, was unserer Entscheidung den Ausschlag gab.

Ich drücke die beiden letzten der „Kleinen Helfer" aus der Packung. Ich werde mir keine neuen kaufen. Die erwartete Wirkung bleibt aus. Ich fühle mich nur unkonzentriert, leicht benebelt, mein Hungergefühl ist kaum beeinträchtigt. Ich werde damit aufhören, auch mit dem Sennesblättertee, der mir außer gehörigen Bauchkrämpfen und langen Sitzungen auf der Toilette nichts eingebracht hat.

Die Fotoalben kann ich auch einpacken. Eine Weile blättere ich darin herum. Will und ich beim ersten Urlaub in Jugoslawien. Will und ich in den Grindelwalder Bergen, im Garten, bei Freunden. Im anderen Album: ich mit Pferdeschwanz und einer Schultüte im Arm und lässig als Siebzehnjährige auf einem Autokühler. Dann folgen Aufnahmen unserer Bauphase. Ein riesiges Feld aus Wiese und Löwenzahn zeigt den Bauplatz im Urzustand. Zweites Bild, langsam wachsen Steine aus dem Gelände, eine Holzkonstruktion krönt schließlich das Ganze. Auf einem anderen Bild sieht man ein fertiges zweistöckiges Haus mit Satteldach. Der letzte Anstrich fehlt noch, die Farbe am Garagentor, ein Zaun oder eine Mauer, die das Grundstück begrenzen. Ich schaue auf die Fotografie und horche in mich hinein. Irgendwo zwischen diesen Seiten ist mein Selbstwertgefühl auf der Strecke geblieben. Es hat sich ein Lebensgefühl eingeschlichen, so wie ich bin, nicht richtig zu sein.

Ich bin es selbst, die sich mit dem Etikett unattraktiv versieht. Hat Will jemals an mir herumgemeckert?

Mitten in dieser Aufbruchssituation will ich mich nicht mit neuen Vorwürfen plagen. Dieser Entschluß erleichtert mich sehr. Eins nach dem anderen. Wenn wir erst umgezogen sind, wenn alles eingeräumt und verstaut ist, wenn sich mein Leben wieder normalisiert hat, dann wird sich alles von selbst einrenken. Ich muß den Mut haben, fest daran zu glauben. Also weg mit den resignativen, apathischen Zuständen.

Renate und Ines helfen mir beim Putzen. Mit Eimerchen und Lappen bewaffnet, Schrubber und Handfeger im Gepäck, bilden wir heute den Reinigungstrupp. Renate und ich nehmen uns die Fenster vor. Ines macht sich an die Waschbecken und Spiegel. Wir sind mit Spaß bei der Sache. Die beiden Freundinnen bringen Schwung in das Unternehmen. Bald blinken die Rahmen und Scheiben, die Böden verlieren ihren Grauschleier. Wir rackern den ganzen Vormittag. Eine Amsel sitzt im Garten auf einem dieser aufgetürmten Erdhaufen und trällert uns ein Lied.

Wir haben uns eine Pause verdient. Renate, die das Dorf von einigen Ausflügen her kennt, macht einen Vorschlag. Wir arrangieren ein Picknick im Pavillon.

Der Pavillon entpuppt sich als ein Mini-Erholungsgebiet am Dorfrand. Am Schützenhaus vorbei, sind wir mit dem Auto in zwei Minuten auf einer kleinen Wiese am Wald. Ein Holzrondell mit Dach und Bänken lädt zum Sitzen ein. Heute am Werktag sieht man niemand vom Dorf hier draußen.

Renate lüftet das Geheimnis ihres Picknickkorbes und stellt Weißbrot und Camembert auf den Tisch, feste gelbe Birnen und Schweinssülze aus dem Glas. Dazu gibt es Apfelsaftschorle und zum Nachtisch Pfefferminzbruch.

Wir langen ordentlich zu. „Das war eine prima Idee", sage ich zu Renate. Ines bringt sich auf der Schaukel in Schwung, ich lasse unterdessen meine Augen wandern.

Das milchige Oktoberlicht löscht alle harten Konturen.

Weich und träumerisch wie ein Aquarell liegen die Äcker und Wiesen vor uns. Lange Telegrafendrähte spannen sich gegen den Horizont, und die Wolken ziehen müßig dahin. Die Ähren sind längst zu Fall gebracht. Zwischen den Stoppeln wachsen kleine Feldblumen, die wie winzige Stiefmütterchen aussehen.

Das Jahr macht seinen Reigen, Erntezeit auf dem Land. Plötzlich stehen Bilder meiner Kinderzeit vor mir. Ein Altar in der Kirche, vor dessen Stufen Körbe mit Feldfrüchten stehen, mittendrin ein Riesenkürbis und der symbolische Brotlaib in ein Tuch geschlagen. Beeindruckt war ich damals, und ein Satz meiner kindlichen Gebete hieß: „Ich danke dir für alles, was ich habe."

Wie konnte ich das vergessen? Wo sind meine Gebete geblieben in den letzten Jahren? Bin ich zu erwachsen geworden, um mit Gott zu sprechen?

Ein plötzlicher Wind bringt die Laubbäume zum Zittern. Eine Schar Krähen jagt aus dem Feld ins Graublaue hinein. Gleich ist es eine Spur kühler.

Wir packen schnell unsere Sachen zusammen und erreichen vor den ersten Tropfen unser Auto.

Eine Wohnung aufzulösen bringt allerlei bürokratischen Kram mit sich. Auf der Post stelle ich einen Nachsendeantrag. Adressenänderung bei Banken und Versicherungen, ein neuer Telefonanschluß ist zu beantragen. Mein Kopf ist voll mit diesen Dingen. Keine Zeit, um Probleme zu wälzen. Ein Umzugstermin ist geplant, der Urlaub genehmigt, ein Lastwagen bestellt. Ich habe genug Kisten und Kartons geordert, Freunde um Mithilfe gebeten, es ist alles organisiert.

Mitten in diesen Wirbel ruft mein Vater an, fragt nach dem Befinden. Was soll ich reden, mit diesem Mann, der sich nie um sein Kind gekümmert hat, der mich einmal für immer verließ, und diese Verletzung ist bis heute nicht geheilt. Noch immer bin ich dieses verwundete Kind, wenn er mit mir spricht. Allein seine Stimme macht mich zum kleinen Mädchen, das nicht wagt, dem großen Papa ein paar Wahrheiten zu sagen, die ihm vielleicht unangenehm wären.

Ich werde nie erwachsen. Ich bringe es nicht fertig, in diesen kurzen Gesprächen und den seltenen Besuchen, die mit Wiedersehensfreude überladen sind, meine wirklichen Gefühle zu offenbaren. So plaudern wir belanglos daher und reden über unwichtige Dinge, anstatt über das, was mich wirklich bewegt. Dann kommt meine Stiefmutter an den Apparat, sagt mir ein paar aufmunternde Worte und kündet bald einen Besuch im neuen Haus an.

Ich beende das Gespräch mit unklaren Gefühlen und wende mich wieder meiner Bettwäsche zu, die in ordentlichen Stapeln auf der Kommode sitzt und von dort in blaue Plastiksäcke wandert. Ich hätte Lust zu singen. Aber der Siebenkindervater könnte aufhorchen, sich gestört fühlen, bestenfalls den Kopf schütteln, und das ist mir nicht egal.

Er und die kleine Frau fragen nicht viel nach unseren Fortschritten, die wir mit unserem Anwesen machen. Sie tun sich schwer mit ihren Worten. Wills Mutter leidet an ihrem Leben. Nie sehe ich sie frohen Herzens. Wo verlor sie ihre Begeisterung? Wer und was hat die Lebensfreude in Mißtrauen verwandelt?

Will und ich. Wir und unser Haus. Unsere Zukunft, unser Leben, unsere Verschiedenheit, unsere Erwartungen, Vorstellungen und Bedürfnisse. Wie wird das miteinander gehen?

Ich suche mir eine Schallplatte aus. Fünf der Lieblingskomponisten stehen noch im Regal. Ich lege die „Ungarischen Tänze" von Brahms auf und träume ein wenig von meinem künftigen Garten. Ich sehe schon den Flieder, die Forsythien und rieche den Duft der Kletterrose.

Ich koche alle meine Lieblingsgerichte. Osso buco milanese. Mariniertes Rindfleisch mit grünen Bohnen. Süße Quarkkeulchen und Dampfnudeln mit Apfelmus, oder Eierpfannkuchen mit Kompott. Will wundert sich, daß ich mir die Zeit nehme, jetzt, wo meine Küche sich schon halb in Auflösung befindet. „Laß mich nur", sage ich und nehme Extraküsse für hausfrauliche Qualitäten entgegen. Mich gelüstet es nach Soßen, mit Crème fraîche abgeschmeckt, nach Knoblauchbaguette und Salaten mit raffinierten Dressings. Unsere Tage hier sind gezählt. Will belädt jedesmal unser Auto, wenn er ins Dorf fährt.

Am letzten Wochenende vor unserer endgültigen Übersiedlung gehen wir mit Freunden durch die Altstadt. Auf den Parkplätzen reihen sich die Reisebusse dicht an dicht, welch ein Touristenspektakel. Ein Strom von Menschen flaniert vorbei an den Eiscafés, wo Besucher an Bistrotischen Spaghettieis löffeln. Ich sauge die ganze Atmosphäre in mich auf.

Aus der Heiliggeistkirche dringt Orgelmusik.

Angenehm ist die Abendkühle im Gesicht. Die Straßenlaternen verbreiten ein freundliches Licht. Beim Einkehren in der Pizzeria schlagen uns Stimmengewirr und Heiterkeit entgegen. Hans und Ursel stoßen mit unseren Gläsern an, in denen der Lambrusco perlt. Die Cannelloni werden uns dampfend serviert, die Tischdecken sind aus weißem Damast.

Alles ist gut. Der Abend harmonisch, die Freunde unterhaltsam im Gespräch, und ich bin satt an Eindrücken, satt von den Nudelrollen mit Hackfleischfüllung und der familiären Atmosphäre. Der leichte Wein prickelt auf der Zunge, und es gibt nichts Fragwürdiges auf der Welt.

Erst als wir die Böllerschüsse hören, fällt uns ein, daß heute Schloßbeleuchtung ist. Wir mischen uns unter das Volk, das mit Ahs und Ohs dem Feuerwerk Beifall spendet.

Sterntaler schweben vom Himmel, ein Blumenstrauß aus Farben explodiert im Dunkel.

Es scheint, als flimmere ein Gruß zwischen den Lichtkaskaden, den nur ich dechiffrieren kann. Ein geheimes Signal, das etwas Wehmütiges in mir auslöst. Abschied.

NOVEMBER

Es GEHT drunter und drüber bei uns. Der Kleiderschrank ist halb abgebaut. Wenn ich die Seitenteile nicht genau im Gleichgewicht halte, stürzt alles zusammen. Ich presse meine Knie aneinander, Will arbeitet konzentriert mit dem Schraubenzieher. Er ist schmal geworden, dieser Mann. Der Hausbau hat an ihm gezehrt. Er hat sich verausgabt und seine ganze Kraft investiert. War ich zu sehr mit meinen Überlegungen beschäftigt, habe ich nicht genug aufgepaßt? Das halbe Schrankelement kommt ins Schwanken und schlägt um. Holz splittert. Will flucht. Ein Zwischenteil streift den Rahmen vom letzten Bild, das noch an der Wand hängt, der versilberte Rahmen geht kaputt, eine Ecke schabt an der Leinwand, ein Riß im Bild, auch das noch.

Mein sonst so besonnener Mann gerät in Wut, bezichtigt mich aller möglicher Unzulänglichkeiten, treibt mir mit seinen Vorhaltungen die Tränen in die Augen.

Und das heute, wo unten auf der Straße die Helfer den Lkw laden, wo ich mir nicht leisten kann, alles in eine Ecke zu schmeißen und beleidigt das Zimmer zu verlassen. Notgedrungen muß ich meinen eigenen Ärger verbergen und mit verbissener Miene meiner Arbeit nachgehen.

Warum trifft mich das so tief? Warum lass' ich mich so verletzen? Weshalb schreie ich nicht zurück? Viermal an diesem Tag fahre ich die Strecke – alte Wohnung, neue Wohnung, transportiere Hausrat, Blumen und Eingemachtes. Will fährt den geliehenen Möbelwagen.

In meinem Kopf arbeitet es. Die Beschwichtiger sind am Werk. Sie sagen: „Alles halb so schlimm. Will ist auch nur ein Mensch und bei all dem Streß. Mach aus einer Mücke keinen Elefanten. Selber schuld, stell dich nicht so blöd an usw. Es ist doch gar nichts passiert. Andere Frauen werden geschlagen, mißhandelt, vergewaltigt. Sie haben allen Grund, sich zu wehren. Du bist eine Übersensible, eine Mimose."

Am späten Nachmittag ist der Umzug fast geschafft. Mit der letzten Fuhre sind die Kellerräume geleert, die Weinkisten eingeladen, unsere Fahrräder verstaut. Die Autotür knallt, der letzte Transport.

Der Wagen hoppelt auf dem Kopfsteinpflaster. Zwei Tauben fliegen auf und flüchten aufs Dach.

Ich sehe nicht zurück.

Ade, Stadtleben. Die Melancholie hat mich fest im Griff. Was fehlt mir bloß, mir geht's doch gut. Ich möchte sie abstreifen, all die Konflikte und Unsicherheiten in mir, sie zurücklassen im Staub der ausgeräumten Zimmer und neu anfangen da draußen. Ohne Weh und Ach mit einem Schuß Humor, mit Elan und Lust am Dasein.

Beim Bäcker habe ich für die ganze Helferschar Berliner besorgt. Man blickt zufrieden reihum. Zwei Thermoskannen mit Kaffee werden in Becher gefüllt.

Niemand schaut mir ins Herz. Mein Gesicht spiegelt eine aufgesetzte Zufriedenheit. Die Berliner schmecken nicht besonders. Die Marmelade tropft mir vom Kinn, die Hände kleben von den Zuckerkrümeln. Beim vierten höre ich mit dem Essen auf, damit ich niemandem auffalle.

Wir schlafen in dieser Nacht auf unseren Matratzen auf dem Boden. Will ist erschöpft und atmet bald tief und regelmäßig. Es scheint, als ob wir am Ziel wären. Warum kann ich Will nicht einfach umarmen und zu ihm sagen: „Laß uns einen guten Anfang machen. Laß uns guter Dinge sein und öfter vergnügt." Wann haben wir uns das letzte Mal innig geküßt und ausgesprochen, daß wir uns mögen?

Ich horche in die Nacht, gewöhne meine Augen an das Dunkel. Kein Geräusch ist zu hören, keine Schritte auf dem Pflaster, absolute Stille. Unheimlich ist das. Ich stehe auf und ziehe den Rolladen ein Stückchen hoch. Rechts und links nur Schatten, kein Licht irgendwo. Selbst die Straßenlaternen sind um diese Zeit ausgeschaltet. Über mir die Unendlichkeit des Raums. Ganz unbeachtet schlägt sich ein neues Kapitel in meinem knapp dreißigjährigen Leben auf. Was löst es in mir aus? Erleichterung? Hoffnung? Noch bin ich hier nicht angekommen. Die neuen Räume allein bewirken kein Zu-Hause-Gefühl. Es wird noch eine Weile dauern, bis die Freude hier eintrifft.

Etwas muß anders werden in meinem Leben, damit das Ausatmen leichter gelingt.

Abnehmen ist und bleibt das Schlüsselwort. Ich werde mir mein altes Selbstvertrauen erkämpfen. Mit jedem Gramm Gewicht, das ich verliere, wird mein Selbstbewußtsein zurückkehren und die negativen Gefühle vertreiben.

Ella ist es, die unser grünes Telefon zum erstenmal zum Läuten bringt. Mit einem tiefen Seufzen berichte ich ihr.

„Ja, wir haben alles gut überstanden. Der Herd ist angeschlossen, die wichtigsten Möbel sind aufgestellt, der Kühlschrank funktioniert. Ich habe jetzt vierzehn Tage Urlaub", sage ich froh. „Zeit, um in Ruhe auszupacken, einzuräumen, hinzustellen. Es ist alles noch so neu und ungewohnt."

Ella versteht. Ella erzählt von ihrem Urlaub, vom Meer, von den überfüllten Stränden und dem ungewohnten Essen.

Ferien, wegfahren, einmal alles hinter sich lassen.

So weit, so fern, so jenseits unserer momentanen Möglichkeiten, erscheint mir das im Moment. Ella wünscht mir viel Glück im neuen Haus.

Das Telefon ist meine Nabelschnur nach draußen, zum Leben, zu den anderen. Ich rufe sie alle an. Hans und Renate, Puppe und Bea, als müsse ich mich vergewissern, daß sie auch von hier jederzeit für mich erreichbar sind.

Unser Haus atmet Ruhe. Keine Geräusche der Handwerker, kein Schrauben, Bohren, Hämmern. Greifbare Stille. Richtig gemütlich wirkt es noch nicht. Die leeren Wände, in dezentem Creme gestrichen, starren mich an, statt Lampen hängen die nackten Glühbirnen von der Decke, kein Teppich ist ausgerollt. Gardinen muß ich erst noch nähen.

Immer wieder gehe ich ans Fenster in diesen Tagen, sehe aus allen Räumen hinaus. Auf der Straße ist nichts zu entdecken. Manchmal fährt ein Auto vorbei, ab und zu läuft jemand mit der Einkaufstasche.

Von meinem Küchenfenster aus habe ich den Blick auf eine Obstplantage. Apfelbäume, Pfirsichbäume. Jetzt sind sie abgeerntet. Das Gras steht hoch zwischen den Stämmen. Die Katze, die über den Maschendraht klettert, kann sich ganz darin verstecken. Vom Wohnzimmer aus geht es in den Garten. Ein paar Waschbetonplatten liegen behelfsmäßig verteilt, damit man nicht im Dreck läuft. Unser Garten besteht aus drei großen Erdhügeln im Gelände. Ackerwinde und Schachtelhalm haben hier Wurzeln geschlagen und überziehen alles mit ein bißchen Grün.

Wenn hier erst Rasen grünt, die Kletterrose wächst und ich die Ringelblumen säen kann!

Ich darf nicht ungeduldig werden.

Die Haustürklingel schreckt mich auf. Wer kommt mich hier besuchen? Vor der Tür steht die Nachbarin und übergibt mir einen Laib Brot und ein Fäßchen mit Salz. Sitte sei es, so erzählt sie mir und wünscht Gottes Segen zum Neuanfang.

Ich bitte sie herein. Sie sitzt auf dem Eßzimmerstuhl gegenüber und äußert sich freundlich über unsere Einrichtung. Ich fühle mich verpflichtet, meinem Besuch etwas anzubieten. Einen Likör schenke ich ein und stelle zwei Gläser auf den ovalen Tisch.

Meine Nachbarin berichtet über ihre Familienverhältnisse, über Herkunft und ein wenig Klatsch aus dem Dorf. „Sie werden sich schon wohl fühlen hier", meint sie abschließend. Ich bringe sie zur Tür, bedanke mich noch einmal für das Brot und das Salz.

Die Gläser stehen noch auf dem Tisch. Ich mag keinen Likör. Trotzdem fülle ich ein zweites Glas. Der Geschmack von Orangen auf der Zunge, ein angenehmes Brennen im Rachen und ein Gefühl von heilender Wärme, wenn ich das Zeug hinunterschlucke. Eine ganze Weile sitze ich so da und drehe das Glas zwischen Daumen und Zeigefinger, betrachte die handgemalten Blumen auf dem feinen Schliff, als müsse ich zwischen ihnen etwas enträtseln.

Dann mache ich mich wieder an meine Kiste, wickle Porzellan aus Zeitungspapier und versuche an etwas Angenehmes zu denken.

Die Zeit der schönen Tage ist vorbei.

Die Bäume entledigen sich ihrer Blätter, als gelte es, eine lästige Bürde loszuwerden. Ein unfreundlicher Himmel aus undurchsichtigem Grau hängt über dem Dorf. Ich fühle mich nicht wohl. Mein Rücken tut weh vom Hin-und-her-Schleppen der vielen Kisten und Schachteln. Ein warmes Bad wäre jetzt schön.

Ich lasse Wasser in die Wanne laufen, entledige mich schnell meiner Kleider, gebe etwas Badezusatz dazu, daß hoch die Schaumkronen aufsteigen, und tauche in das warme Wasser. Welch ein gutes Gefühl, so gewärmt, gehalten, eingeschlossen zu sein. Das Bad macht mich träge, Hitze im Gesicht.

Sanft eingehüllt entspannt sich mein Körper. Ich lasse meinen Blick wandern über die beiden Waschbecken, den großen Spiegelschrank, über die blauen Wände und das Stückchen weißen Fries. Ein Farnkraut macht sich gut am Fenster, allmählich bekommt das Haus einen wohnlichen Charakter. Während Will seine Geschäfte nicht vernachlässigen darf und jeden Tag in seine Werkstatt fährt, habe ich alle Schränke eingeräumt. Grund genug, mit Stolz auf all das Vollbrachte zu sehen und der Zukunft gelassen entgegenzublicken.

Der Anblick der Waage auf dem Fußboden löst unangenehme Empfindungen in mir aus. Ich steige aus dem Wasser und stelle mich abwartend auf die Korkbeschichtung. Der Zeiger pendelt sich ein. Daß ich den Atem anhalte, ändert nichts an der Tatsache. Mein lockeres Leben hat mächtig angeschlagen. Viel zuviel habe ich mir erlaubt und meinen Gelüsten nachgegeben. Das hab' ich nun davon. Über drei Kilo sind mehr zu verbuchen. Das erschreckt mich ganz schön, das frustriert mich so, daß mein Badevergnügen es nicht mehr wettmachen kann.

Bei drei Kilo zählen 250 Gramm auch nicht mehr. Zielstrebig gehe ich an den Vorratsschrank und hole mir eine Packung Spekulatius. Kekse mit Mandelsplittern wandern nach und nach in meinen Mund. Ich höre nicht eher zu essen auf, bis die ganze Packung leer ist. Ich kann nicht klar darüber nachdenken, was ich tue. Während des Kauens und Schluckens ist mein Kopf ausgeschaltet.

Die leere Verpackung demonstriert mir meine Zügellosigkeit. Was bin ich für eine Frau?

Ohne mich abzutrocknen, stelle ich mich im Schlafzimmer vor den großen Spiegel und weide mich an meiner Häßlichkeit. Mein Anblick bestraft mich genug. Wahrnehmen des weiblichen Körpers mit Vorbehalten. Brüste zu klein, Beine zu kurz, Schenkel zu dick. Ich drohe ganz gewaltig aus der Form zu gehen. Ekelhaft aufgedunsener Bauch, üppig der Po, alles kein Wunder bei meinem Verhalten. Auch mein Gesicht hält der Kritik nicht stand.

So kann ich mich nicht akzeptieren.

Schnell in ein weites Nachthemd und ins Bett. Einkuscheln in meine Lieblingshaltung mit angezogenen Beinen, wie ein eingerollter Embryo. Die Hand an der Wange, als wolle ich mich selbst liebkosen. Unendliche Gewissensbisse vor dem Einschlafen. Es wird Zeit, daß ich meine Zucht verstärke, lerne, mir etwas zu versagen, mich im Zaum halte. Die anderen können es auch.

Schönheit hat eben seinen Preis.

Das Wetter lädt nicht nach draußen ein. Ein scharfer Wind bläst um die Hausecken.

Will und ich machen uns in Regenjacken auf den Weg, um unseren Wohnbezirk abzuschreiten. Vorbei an den abgeernteten Krautgärten, wo der Rosenkohl noch steht. Violette Herbstastern bilden die letzten Farbtupfer.

Heute am Sonntag scheint das Dorf ausgestorben. Erst gegen zehn, als die Kirchenglocken mahnend ihr Geläut beginnen, strömt es aus den Haustüren. Mit Handtasche und Gebetbuch gerüstet, gehen die alten Frauen zur Messe. Ein paar Kinder im neuen Anorak, hastig im Gespräch mit der Freundin vertieft.

Da und dort ein Ehepaar eingehakt, was Vertrautheit demonstrieren soll, doch die Gesichter erzählen eine ganz andere Geschichte. Wir gehen an der Bürstenfabrik vorbei, an einem Bach entlang, um dann in einen Wald zu biegen.

In meiner niedergedrückten Stimmung muß ich mich jemand mitteilen. Will und ich reden miteinander. Sätze gehen wie Ping-Pong-Bälle hin und her. Immer wieder stelle ich fest, daß manche Wörter eine ganz unterschiedliche Bedeutung für uns haben.

Es ist leichter, im Gehen zu formulieren, wenn man sich nicht gegenübersitzt, wenn der Blick wandern kann bis hinauf in die Baumkronen. Die stummen Zeugen des Waldes amüsieren sich vielleicht über meine Probleme. An Alter und Größe sind sie mir weit überlegen, vielleicht auch an Weisheit.

Ich sage Will, daß ich einiges zugenommen habe und wie sehr mich das belastet. Daß ich etwas dagegen unternehmen will, daß ich aber Angst habe, es nicht zu schaffen.

Will läßt sich immer Zeit mit seinen Antworten. Ich löse ein Stück Rinde von einem Baumstamm und brösle es auf den Weg. Will meint schließlich: „Das sieht man, daß du einiges zugelegt hast."

Ich habe es ja gewußt, es ist nicht zu übersehen. Der eine Satz von meinem Mann läßt mich gleich wieder in ein tiefes Loch fallen. Will macht konkrete Vorschläge, spricht von Lebensmitteln, die gesund sind und nicht dick machen. Er redet von Mahlzeiten ausfallen lassen usw. Er weiß nicht, was das heißt. Will setzt voraus, daß ich dazu fähig bin, daß ich die nötige Energie dazu aufbringe, die ich mir andererseits aber nicht zuführen darf. Für Will ist es eine einfache Sache, sich etwas vorzunehmen und es dann auszuführen. Alles läuft darauf hinaus, sich ein Ziel zu setzen und es konsequent zu verfolgen. All das ist nicht meine Stärke. Daß Will diese Stärke besitzt, demonstriert er mir täglich. Ich erwarte etwas anderes von meinem Mann. Zuwendung und Trost. Mit diesen Begriffen weiß Will wenig anzufangen. Trösten, was soll das, wofür? Bin ich etwa hingefallen, ein kleines Mädchen, das sich die Knie aufgerissen hat? Trost ist nur für die Kleinsten, die Schwachen, die Ungeschickten. Ich aber bin eine erwachsene Frau.

Kein Zuspruch kommt da, kein Angebot, mich zu unterstützen. Nur ein Arm an meiner Schulter und das beklemmende Gefühl in mir. Da mußt du alleine durch.

Ich ziehe wieder einmal meine Schaffklamotten an. Der Winter steht vor der Tür, und wenn wir unseren offenen Kamin nutzen wollen, brauchen wir Brennmaterial.

In unserer Hauseinfahrt türmt sich eine Fuhre Holz, die Will und ich erst gestern abgeladen haben. Gleich soll der Mann mit einer riesigen Kreissäge kommen, um die langen Baumstangen in handliche Stücke für den Kamin zu sägen.

Gegen zehn ertönt das schrille Geräusch der wuchtigen Maschine. Ich räume im Akkord die Holzbrocken ab und werfe alles auf einen Haufen. Die ganze Einfahrt staubt. Will und ich tragen Schutzbrillen. Mein Mann schleppt unermüdlich Baumstämme bei. Ich habe die ganze körperliche Arbeit so satt. In mir revoltiert alles. Der Groll sitzt als riesiger Kloß in meiner Kehle. Von eins bis drei müssen wir die Mittagsruhe einhalten.

Ich schöpfe uns den vorbereiteten Bohneneintopf in die Teller und laß mich erschöpft auf den Stuhl fallen.

Will bekommt meinen ganzen Unmut zu spüren. Ich mekkere herum, beklage mich, weshalb er solch eine große Menge Holz geordert hat. Weniger hätte doch auch gereicht. Wie immer hat mein Mann gute Gründe, die sich sehr vernünftig anhören. So hätten wir nur einmal die Sauerei und mit weniger wäre ja der Wagen mit der Fuhre gar nicht ausgelastet gewesen. Aber diesesmal will ich einfach nicht verstehen und keine Einsicht zeigen. Ich spüre, wie die Wut in mir wächst, und weiß nicht, wohin damit. Schließlich entlädt sie sich in dem Satz: „Am liebsten würd' ich alles hinschmeißen. Mir reicht's."

„Dann geh doch", sagt Will kühl. Ich bin ganz erstarrt über diesen Satz und noch mehr darüber verwundert, mich sagen zu hören: „Das werde ich auch tun."

Was gesagt ist, ist gesagt. Auch wenn der Schreck tief sitzt. Will verschwindet wieder an die Arbeit. Ich betrachte im Bad mein Spiegelbild und bin unfähig, klar zu überlegen.

Schnell ein paar Sachen zusammengerafft und zum Auto gestürmt. Ich lasse Will mit dem ganzen Krempel allein. Soll er doch sehen, wie er klar kommt.

Meine Gedanken überstürzen sich. Mein Kopf dampft.

Gräßliche Worte kommen aus meinem Mund und mischen sich mit den Nachrichten aus dem Autoradio. Kaum habe ich mir mit deftigen Sätzen Luft gemacht, kommen schon die ersten reuevollen Überlegungen. Doch dann siegt der Trotz.

Immer dieses Anpassen und Nachgeben, was bin ich für eine harmoniesüchtige Ziege. Ich beschließe, zu Ella zu fahren, möge kommen, was will. Es steht mir zu, auch einmal aus der Rolle zu fallen.

Die Fahrt geht lang und ist anstrengend. Gegen acht Uhr am Abend öffnet mir eine ganz verwunderte Freundin.

Ellas Mann ist auf einem Seminar. Das trifft sich gut, eine glückliche Fügung.

Es entlastet so sehr, alles zu erzählen, und wir lachen dabei. Ella sagt: „Der wird sich schön wundern, wenn du nicht angeschlichen kommst."

Wir essen Käse und trinken Wein. Ella langt kräftig zu, und ich tu' mir keinen Zwang an. Heute doch nicht, wo wir so selten beisammen sind.

Die Mahlzeit beruhigt mich, der Alkohol befreit das Herz aus seiner Enge und läßt das Morgen gleichgültig werden.

Meine Freundin bittet mich ins Ehebett, trippelt mit ihrem drallen Körper geschäftig hin und her, und ich frage mich, wie sie das schafft, so gelöst zu sein, so selbstverständlich in ihrer Üppigkeit. Diese Spekulationen begleiten mich bis in den Traum. Als ich wach werde, ist die Gute schon dabei, das Frühstück zu richten. Sie trägt Eier im Glas auf und frisch gepreßten Orangensaft. Wir reden und reden, bis sich wieder das alte Thema einschleicht. Da erfahre ich, daß Ella auch einen neuen Anfang machen will, rigoros und konsequent zwölfhundert Kalorien am Tag. Ihr Arzt hat es ihr eindringlich geraten. Ella lacht dabei und leckt den Honiglöffel ab. Heut' ist heut'.

„Machen wir es doch gemeinsam", schlägt sie vor. „Wir berichten einander, wie es läuft, und verfolgen die purzelnden Pfunde. Wir stärken uns, wenn wir durchhängen, und tauschen Tips und Schwierigkeiten aus", sage ich. Das hört sich gut an. Wir begeistern uns an dieser Idee. Im Duo wird es leichter zu schaffen sein. „Nächste Woche, wenn mein Alltagstrott in der Bank wieder beginnt, dann fangen wir an." Ein guter Einstieg.

Am Nachmittag fahre ich heim, was sonst. Will braucht morgen den Wagen und überhaupt. Solche Trotzreaktionen haben keinen Sinn, einfach davonlaufen löst auch nichts.

Je näher ich unserem Dorf komme, um so mehr plagt mich, wie Will mich wohl empfangen wird. Was an Vorhaltungen kommt, wie idiotisch ich mich benommen habe, oder ob ich mit Schweigen und vorwurfsvollen Blicken zu rechnen habe?

Mein Mann begrüßt mich mit dem Satz: „Na, wieder da", und dabei lächelt er. Das verwirrt mich. Diese Möglichkeit habe ich nicht in Betracht gezogen. In meine Erfahrungen übersetzt heißt das: Ich darf wütend sein, aus der Haut fahren, auf meine Ansichten bestehen und nein sagen.

Und es hat keine schlimmen Konsequenzen.

Sogar einen Friseur gibt es in diesem Nest. In meiner Naivität habe ich ihm mein Haar zum Schneiden anvertraut. Mit vagen Vorstellungen und einem unschuldigen Augenaufschlag zum Meister hin habe ich mich beraten lassen, mich in seine Hände gegeben und bin natürlich enttäuscht. Da ist nichts dran zu rütteln, da hilft es auch nicht, daß ich mich gleich unter die Dusche stelle und die Ponyfransen über die Bürste zerre. Ab ist ab, und was ist, das bleibt. Ich zeige viel zuviel Stirn. Leider nur optisch, sonst hätte ich den guten Mann gleich beim ersten Scherengeklapper gestoppt und ihn in seine Schranken gewiesen. Jetzt ist der Pony total mißglückt, die Haare über den Ohren stehen ab, als gehörten sie nicht zu mir, der Hinterkopf platt, alles in allem ein beschissener Anblick.

Ich bin sauer auf mich, auf meine Ungeduld. Weil ich nicht warten wollte, bis sich eine Gelegenheit bot, meinen Stadtfriseur aufzusuchen. Heut' und an diesem Tag mußte es sein. Jetzt habe ich den Salat.

Die Reaktion von Will bringt mich völlig aus der Fassung. „Der Nacken zu kurz." Nichts wo er sich einwühlen kann. Die Proportionen stimmten nicht. Kopf und Hals und Figur, alles in allem sei nicht harmonisch.

Was Will sagt, kommt bei mir in dreifacher Verstärkung an. Für mich heißt nicht schön gleich nicht liebenswert.

Wer hat mich das gelehrt, wer hat mir so wenig Selbstvertrauen eingeimpft, daß mich solche Äußerlichkeiten verzweifeln lassen? Warum kann ich den anderen nicht ins Gesicht sehen und demonstrieren: Ich bin ich, und so habt ihr mich anzunehmen? Anpassen, lieb sein, mit den Wölfen heulen, das bedeutet kein Rückgrat haben, keine Haltung zeigen, sich nicht wichtig genug nehmen.

Ich weiß mir keinen Rat. Nur Ausflüchte und Schleichwege aus meinem Kummer, Ersatzlösungen, die mich tiefer und tiefer in etwas verstricken, so daß es mir in den Ohren dröhnt: „Sei gut zu dir, iß etwas."

Dem halte ich nicht stand, und ich serviere mir: kalten Braten, mehrere Bananen und eine ganze Tafel Nußschokolade. Dabei blättere ich in meinen Illustrierten, die mich so nett beraten, die das Beste aus meinem Typ machen wollen, denen ich so wichtig bin, daß sie mir viele Seiten mit Vorschlägen und Anregungen widmen, die ich nur zu befolgen brauche. Sie lächeln mich auffordernd an, die schlanken Damen, die sich herzeigen können, die das richtige Format haben und eine vollkommene Silhouette.

Ab morgen, und das schwöre ich hoch und heilig, werde ich eine von denen.

Mein Umzugsurlaub ist vorbei. Puppe und Bea haben mich wieder in ihrer Mitte. Hinter unserer Glastür quatschen wir munter drauflos. Dabei surrt die Rechenmaschine, werden

Telefongespräche abgewickelt und der neueste Klatsch ausgetauscht. Man bestürmt mich im Kollegenkreis mit Fragen. Immer wieder taucht der Satz auf: „Wie fühlt man sich jetzt als Hausbesitzerin?" Alle meinen, nun müsse es mir doch prächtig gehen, und ab jetzt dürfe ich nur Zufriedenheit und Siegesfreude ausstrahlen.

Was soll ich den erwartungsvollen Gesichtern entgegnen? Wie sollten sie verstehen, daß da keine echte Zufriedenheit ist, daß etwas Unheilschwangeres in der Luft hängt, daß mich nach allem Vollbrachten eine tiefe Mutlosigkeit befallen hat!

Zur Mittagspause sitzen wir am runden Tisch. Ich packe mein Knäckebrot und meinen Apfel aus. Puppe hat sich Pizza geholt. Der Anblick der fetten Salamischeiben, der Geruch nach geschmolzenem Käse mit Oregano, das Geräusch, wie Puppe in den knusprigen Teigrand beißt, macht mich schwindelig.

So ganz nebenbei erwähne ich, daß ich eisern am Abnehmen bin.

Jede Diätberaterin hätte ihre wahre Freude an mir. Inzwischen weiß ich alles übers Schlankwerden. Ein kleines Büchlein, nicht größer als ein Taschenkalender, das ich nun immer bei mir führe, informiert mich über Joule und Kalorien, über Brennwerte der Nahrungsmittel. Erlaubte Genüsse sind mit einem Kreuzchen versehen. Verbotene Speisen sind rot gekennzeichnet. Mein Kalorienzähler, ein praktisches Rädchen, morgens auf Null gestellt, hält fest, was ich mir am Nachmittag noch erlauben darf. Ich entwickle ein Augenmaß für Portionen und erziehe mich zu neuen Eßgewohnheiten und zu bedächtigem Kauen.

Schlagzeilen aus den Frauenzeitschriften suggerieren mir, daß eine Diät ein Vergnügen sein kann, daß es Schlemmerdiäten gibt, Diäten, die jeder schafft, die unkompliziert sind, die hundertprozentig Erfolg versprechen, die mich vorzeigbar machen und mir das rechte Profil verleihen. „Diät macht Spaß", verkündet eine Schlagzeile. Ich weiß gar nicht, warum ich mich so anstelle.

Aufs Gramm abgewogene Gerichte, Karotten und Paprika als Zwischenmahlzeiten bringen mich über die Runden.

Zusätzlich motiviere ich mich mit positivem Denken. Abnehmen ist gesund! Übergewicht ist lästig! Die Waage registriert mein Bemühen.

Für Will koche ich keine Rouladen mit Speck oder Apfelpfannkuchen mit einem Schleier aus Puderzucker, sondern einfache Gerichte, die mich nicht so sehr in Versuchung führen. Sorgsam teile ich ein und reduziere mein Häufchen auf dem Teller.

Am Abend, wenn das Geschirr versorgt ist, wenn ich meine Pflichtkarotte oder ein Stück Salatgurke geknabbert habe, dann gestatte ich mir einen Riegel Joghurtschokolade zur Belohnung.

Während Will vor dem Fernsehapparat die Sportnachrichten verfolgt und mit seiner Kartoffelchipstüte knistert, stelle ich neue Berechnungen an.

Ein Blatt Papier mit drei Spalten: morgens, mittags, abends. Wie ein strenger Buchhalter fülle ich die Spalten mit magerem Putenschinken, Kartoffeln in Folie gegart oder Radieschengarnitur auf Vollkorntaler.

Will greift tief in seine Chipstüte. Ich kann den Paprika-Fettgeruch nicht ausstehen und werfe meinem Mann mißbilligende Blicke zu. „Ich will nicht abnehmen", sagt er.

Noch einmal zeigt sich der Herbst von seiner schönsten Seite. Das Gelbbraun der Birkenblätter taucht er in ein samtiges Licht. Auf den Telegrafendrähten sitzen die Vögel parat und tuscheln und tschilpen über Dinge, von denen ich nichts verstehe. Auf ein geheimes Zeichen hin ergreifen alle die Flucht und fliegen in schönster Formation gegen den Horizont. Ich stehe am Fenster und beobachte die leere Straße.

Eine Frau mit Kopftuch und Schürze taucht auf. Sie zieht einen Leiterwagen hinter sich her, den sie voll mit Kohlköpfen beladen hat.

Will fährt noch einmal weg zu einem Kunden, eine Wohnung aufmessen. Ich sehe ihm nach, bis der Wagen um die Ecke biegt. Ich will die Zeit nutzen, um in meinem Zimmer aufzuräumen.

Ein Zimmer für mich allein. Kleine Rosetten auf einer Prägetapete. Will hat die Wände auf meinen Wunsch hin blau gestrichen. Am Fenster steht der Sekretär aus Nußbaum, mein Lieblingsmöbel. Der obere Teil ist als Schreibunterlage zum Ausklappen. Rechts und links hat er je drei Schubladen aus Birkenholz. Sie enthalten meine persönlichen Dinge: Briefe und Aufzeichnungen, Karten für besondere Anlässe, die ich mit kleinen Aquarellen geschmückt habe. In einer Lade Entwürfe für Geschichten, ein paar fertige Erzählungen, Gedichte zu allen Jahreszeiten, sogar ein Romanfragment.

Im Blättern und Lesen stoße ich auf geschriebene Gedanken und Empfindungen. Manches erstaunt mich, manches läßt mich wehmütig lächeln.

Ich habe vergessen, daß ich das auch bin. Die Kreative, Schöpferische, die sich phantasievolle Geschichten ausdenken kann, die ihre Gefühle in Reimform bringt, was sich ganz hübsch anhört. Mit einer Feder habe ich mich in Kalligraphie geübt und vom Frühling geschrieben:

> Ach wie lange mußt' ich warten,
> bis in meinem kleinen Garten
> wieder unter Apfelbäumen
> Veilchen und Narzissen träumen.
> Auf den Zauberspruch: „Es werde!"
> drängt und treibt es aus der Erde.

Und ich Menschlein staune leise,
auf welch wundersame Weise,
jemand für mich alles lenkt
und mir Frühlingsblumen schenkt.

Dann entdecke ich eine Liebeserklärung an Will, in der An-
fangsphase unserer Beziehung geschrieben.

Der Abend hielt die Stadt umfangen,
warf graue Schleier übers Land.
Wir sind am Wald entlang gegangen,
ich hielt mich fest an deiner Hand.
Ganz lautlos war die Nacht gekommen,
nahm jede Spur von Licht und Schein.
Dein Mund hat meinen Kuß genommen,
es war so gut, bei dir zu sein.

Ich blättere in meinem Tagebuch. Über lange Zeit keine Aufzeichnungen. War der Wunsch, mich mitzuteilen, eingeschlafen, oder hat es mir nur an Zeit und Muße gefehlt?

Es hat sich so viel in mir aufgestaut. Und jetzt habe ich Lust,
wieder Worte aneinanderzureihen und schreibend Aufschluß
über mich zu finden. Es gibt eine Menge zu sagen, über die
Leere in meinem Bauch, über den Traum der letzten Nacht,
über Will, der mir meine Flausen nachsieht.

Aus unserem Schallplattenreservoir suche ich nach einem meiner Lieblingskomponisten, Grieg. Das Stück von Aases Tod
höre ich mir an. Die Schwermut der Klänge öffnet die Schleu-
sen in mir. Der Stift flitzt nur so über das Papier. Und während
der Hunger in meinem Magen wühlt und ich meine Selbstka-
steiung des heutigen Tages notiere, trockene Haferflocken

zum Frühstück, zwei Stangen Lauch zum Mittag, da explodiert etwas Neues in meinem Inneren, etwas, das mir zum Überleben hilft, was nicht käuflich ist und nicht austauschbar, was mir nichts einbringt, wie Will sagen würde, was mir aber immer sehr wichtig war und schon verloren schien.

Meine Phantasie.

Ich bin noch keine dreißig. Ich lebe gut mit Will in einem Haus mit vielen Räumen. Woanders hungern sie, leiden an Krebs und steuern in den Herzinfarkt. Menschen schlafen unter Brücken, halten Krieg und Folter aus.

Ich hätte allen Grund zu singen.

Jeden Morgen bleibt eine halbe Stunde Fahrzeit zum Dösen und vor sich hin träumen. Das eingeschränkte Essen macht mich zusätzlich träge und matt. Manchmal nicke ich noch einmal ein, bis mich das gelbe Stadtschild wie eine Fremde empfängt.

Hier bin ich abgemeldet, weggezogen, nicht mehr registriert. Das Dorf ist nun mein Zuhause, und die Weltberühmte empfängt mich kühl zum Arbeiten. Standhaft stehen die Brückentürme, als interessiere sie nicht der Strom der Touristen, die Tag für Tag an ihnen vorübereilen. Der Fluß zieht gleichmäßig dahin. Nur manchmal gebärdet er sich wild und drängt sein bräunliches Wasser in die Altstadtgassen. Will und ich unterhalten uns über sein Basketballtraining am Vortag.

„Du bewegst dich zu wenig", sagt Will mitten in meine Gedanken hinein. Sofort stelle ich mich auf diesen Satz ein, drehe ihn hin und her, nehme jedes Wort unter die Lupe. Will hat ja recht. Vom Autositz rutsche ich auf den Schreibtischstuhl. Am Abend das gleiche in Grün und nach der Hausarbeit zum Entspannen in den Sessel. Will dagegen hat sein wöchentliches Training. Bewegung frißt Kalorien, wie ich weiß, und meine schlaue Tabelle informiert mich auch gleich, was eine halbe Stunde joggen, bügeln oder reiten dem Körper an Energie abverlangt. Mit Sport kann ich meine Diät unterstützen, ja vielleicht sogar etwas lockerer handhaben. Am Abend studiere ich meine Hefte. An Vorschlägen zur körperlichen Ertüchtigung fehlt es nicht.

„Schnell fit werden durch Übungen mit Kilo-Hanteln", „Genießen Sie das Gefühl, etwas für sich zu tun", suggeriert die Hübsche im hautengen Gymnastikdreß. Ich blättere weiter, das ist nichts für mich. Am Morgen fehlt mir die Zeit dazu, am Abend nach dem Bürostreß noch Beingrätschen, schnelle Kniebeugen, Oberkörper im Neunzig-Grad-Winkel nach vorn beugen – ich weiß nicht.

Schon am nächsten Tag entstaube ich mein Fahrrad, um, während die Pellkartoffeln kochen, eine Blitztour zu machen.

Sieben Straßen führen aus diesem Dorf. Erst fahre ich kreuz und quer an der Neubausiedlung entlang beim Zahnarzt und an der Tankstelle vorbei, dann biege ich in einen asphaltierten Weg ein, der zum Schuttplatz führt. Während des Fahrens denke ich an meine Pellkartoffeln. Mit jedem Treten verdiene ich mir eine größere Portion vom Abendessen.

Die strenge Diät heilt mich nicht von meinen Wünschen und Vorstellungen.

Ich sinniere den lieben langen Tag nur über ein Thema. Essen ist der Hauptakt in meinem Leben. Essen hält Leib und Seele zusammen. Ich verstehe nicht, warum andere keine Probleme damit haben. Bringe ich das Gespräch darauf, versichert mir jeder sofort: „Wenn ich alles essen würde, worauf ich Lust habe, dann wäre ich schon längst eine Tonne."

Das vermittelt mir immer mehr die Überzeugung, daß man nur kontrolliert essen kann und niemand all seinen Gelüsten nachgeben darf. Nur einige wenige glückliche Menschenexemplare essen, was schmeckt, haben keinerlei Gewichtsprobleme. Bei denen schlägt nichts an, die Glücklichen.

Ich zwinge mich nun jeden Abend zu einer Pflichttour, die nichts mit meinen geliebten Ausflügen im Stadtgebiet zu tun haben, die nur dem Zwecke der Kalorienverminderung gelten.

Die trostlosen Ackerraine, die ich auf meinen Fahrten wahrnehme, sind ohne Feldblumen. Das trockene Kraut der Wegwarte steht noch zwischen dem braunen Gestrüpp der Gräser. Die Felder sind leer und abgeerntet. Ein Traktor fährt die letzte Ladung Futterrüben ein. Viel zu schnell webt die Dunkelheit gespenstische Schatten um mich herum. Ich komme mir sehr verloren vor, wenn der Dynamo summt und ich gegen den Berg trete, denn es ist nicht sehr flach hier in dieser Gegend.

Gänzlich verdorben wird mir die Fahrerei, als ich bei meiner nächsten Tour in einen Regenguß komme und total durchgeweicht, frierend und mit diesem nie befriedigten Loch im Magen nach Hause komme. Ein paar Tage Resignation.

Ella und ich hängen am Telefon und notieren die Tiefschläge. Meiner Freundin geht es nicht viel besser. Sie hat ein paar Frauen um sich geschart, alle stark übergewichtig. Jetzt bilden sie einen Miniklub und loben sich für ihr Durchhaltevermögen. Bei jedem Treffen hüpfen sie Trampolin und kontrollieren ihren Puls. Es muß ja nicht Radfahren sein, sage ich mir und motiviere tags darauf eine Kollegin, die Mittagspause zu nutzen, um mit mir im nahegelegenen Hallenbad ein paar Runden zu schwimmen.

So kommt es, daß ich in der kühlen, regnerischen Novemberzeit in dem alten renovierungsbedürftigen Jugendstilbad Bahn um Bahn im Wasser kreise und mir meine zwanzig Runden abverlange.

Im Wasser fühle ich mich leicht, schwerelos, ohne Gewicht. Es ist nicht viel Betrieb in der Badeanstalt. Meistens sind es ältere Damen mit enormen Rundungen, die, statt beim Kaffeekränzchen zu sitzen, sich wie junge Nilpferde im Wasser bewegen.

Jeden Tag, wenn ich nach der Plagerei unter der warmen Dusche stehe und mein Pensum geschafft habe, gratuliere ich mir zu meiner Ausdauer.

Auf diese Art und Weise verdiene ich mir das Würstchen zum Kartoffelsalat am Abend und den Riegel Joghurtschokolade, nach dem ich den ganzen Tag giere.

Wie dichtes Spinnweb hängt der Nebel vor den Haustüren. Trotzdem muß ich nach draußen. Abgeschlossen von der übrigen Welt liegt das Dorf. Einmal tasten sich zwei Scheinwerfer durch die formlose Masse. Während ich so gehe, fällt mir ein Gedicht von Hesse ein, in dem es heißt: „... Seltsam im Nebel zu wandern ..."

Will sitzt zu Hause vor einem Kohleintopf, auf den ich keinen Appetit habe, zumindest habe ich das vorgegeben. Die kalte Luft räumt auf in meinem Kopf. Heute hat mein Vater Geburtstag. Ich habe ihm eine Karte mit guten Wünschen geschickt. Zusätzlich noch anzurufen, konnte ich mir nicht abringen.

Die Straßenlaternen werfen runde Kreise auf den Asphalt, hinter den Fenstern scheint das bläuliche Licht der Fernsehapparate. Am Himmel kein Mond, nur ein verschwommener milchiger Fleck. Mich überkommt so ein Heimweh nach – ich weiß nicht was. Ich kenne niemand in diesem kleinen Ort, abgesehen von der netten Nachbarsfrau. Die kurzen Gespräche in den Läden, ein flüchtiger Gruß auf dem Weg zur Post, ein Blick in einen Kinderwagen, den die Mutter mit einem glücklichen Lächeln erwidert. So ist das hier. Zugezogen, reingeschmeckt, heißt es im Dialekt. Das bedeutet: nicht dazugehören.

Meine tristen Gedanken helfen mir auch nicht weiter. Warum kann ich nicht das Positive in meinem Leben wahrnehmen, statt dessen nähre ich meine Unzufriedenheit.

Will hat Licht im Büro brennen. Er sitzt über einer Rechnung oder einem Angebot. Ich sehe seinen Kopf über den Schreibtisch gebeugt.

DEZEMBER

MEIN idiotisches Schwimmtraining hat mir eine tüchtige Erkältung beschert. Ich hasse es, wenn der Hals brennt und kratzt, wenn das Einatmen durch die Nase unmöglich wird und ich dauernd nach einem Taschentuch greifen muß.

Ich bin krank, ich sollte Nachsicht mit mir üben. Mein Körper signalisiert mir etwas, aber ich bin nicht bereit, die Symptome anders zu entschlüsseln, als daß ich mir eben einen Zug geholt habe. Will reagiert auf mein Schniefen und Schneuzen überhaupt nicht. Da müßte ich schon auf der Bahre daherkommen, bis von ihm eine teilnehmende Reaktion käme.

Die ganzen Umstände meiner verrückten Diätversuche, mein Verlangen jemandem zu entsprechen, die ich nicht bin, bauscht sich zu einer Menge an Wut. Ich bin nicht fähig, das zu zeigen. Ich beschwichtige und beschönige, schütze alles und jeden vor meinen Gefühlen und bin lieber depressiv.

Der Schnupfen dauert seine Zeit, trotz Lutschpastillen und Wickel, Zitronentee und heftigem Gurgeln läßt das Halsweh nicht nach. Ein kräftiger Husten kommt noch dazu.

So geschwächt, verliere ich den Faden zu meinem Schlankheitsprogramm, lockere die Zucht, schlürfe heiße Hühnersuppe und eine Flasche widerlich süßen Hustensaft. Meine mühsam errichtete Eßstrategie bricht innerhalb einer Woche zusammen.

Die magische Grenze von tausend Kalorien ist längst überschritten. Kein Fallschirm gegen die Angst.

Die Waage ignoriere ich. Am Abend ein langes Gespräch mit

meiner Freundin Ella. Sie kennt das alles. Auch sie denkt mal wieder ans Aufgeben. Außerdem hat sie Schmerzen in ihrem Knie und befürchtet eine Operation. Doch Ella ist nicht so unglücklich wie ich. Sie plagt sich nicht mit endlosen Vorwürfen und stellt sich nicht in Frage. Was hat Ella, das ich nicht habe, daß sie so mit sich umgehen kann?

Ich bin nur froh, daß noch nicht Sommer ist, und jetzt im Winter verschwinden die Figuren hinter dicken Pullovern und Cordhosen. Zudem habe ich mir ein Miederhöschen gekauft, ein häßliches fleischfarbenes Ding, das mich tagsüber zu Tode drückt, aus dem ich mich abends mit einem Aufatmen befreie und das ich im Wäschekorb verstecke, um Will diesen Anblick zu ersparen.

Wir sind unseren Freunden und Helfern ein Fest schuldig.

Das Haus braucht eine offizielle Einweihungsfeier. Das Arrangement hierzu obliegt natürlich mir. Will wird sich um die Getränke kümmern. Damit die Sache Hand und Fuß hat, beginne ich sogleich mit der Planung, entwerfe Einladungskarten, die aus einem netten Spruch bestehen, in dem ich am Vierten zu einem kleinen Buffet lade.

Das Buffet soll nicht enttäuschen, und weil ich meine, man mißt mich als Person in allem, was ich nach außen darstelle, so gebe ich mir große Mühe bei meinen Einfällen.

Die vielen Kochbücher, die ich besitze, unterstützen mich mit phantastischen Vorschlägen. Renate bietet mir an, zwei Salate beizusteuern. Beim Bäcker bestelle ich mehrere Partybrote, beim Metzger für alle Fälle einen ganzen Fleischkäse.

Am Nachmittag des Vierten betrachte ich im Keller meine dort kühl gestellten, gelungenen Platten. Gespritzter Roquefort auf Pumpernickelscheiben, kleine Pastetenkörbchen mit Krabben gefüllt, selbstgebackene Blätterteigkäsestangen, Gurkenschiffchen, diverse Schüsseln mit Salaten, ein Schinkenbrett und die Käseplatte. Ein Dip aus Sahne, Curry und

Mandeln, der hervorragend zu den Hackfleischbällchen paßt. Ich bin mit mir zufrieden. Nun muß ich mich nur noch in eine hübsche Gastgeberin verwandeln.

Der Kleiderschrank hat genug anzubieten, trotzdem ist nichts Passendes da. Der Jeansrock kneift. Zu der einen Hose habe ich keine passenden Schuhe, zum grünen Kleid fehlt eigentlich ein schicker Gürtel. Hin und her gerissen, schlüpfe ich bald in das eine und andere, um es gleich wieder zu verwerfen. Endlich belasse ich es bei einer losen, weißen Bluse und einem engen Rock, unter dem der geöffnete Knopf unsichtbar bleibt.

Meine Haare, frisch mit Henna getönt, sind eine Spur gewachsen, sie bedecken knapp die Ohrläppchen. Noch vor dem Abpudern und dem letzten Sprühstoß Parfüm klingelt der erste. Also raus in die Arena.

Alles klappt wunderbar. Meine Häppchen kommen gut an. Man lobt das Arrangement von Platten und Schüsseln, an deren Seite ein mit Schokolade überzogener Gugelhopf thront, aus dessen Mitte rote Papierservietten einen dekorativen Akzent setzen. Es wird gelacht und gegessen.

Will öffnet eine um die andere Flasche. Das Bier fließt aus der Zapfanlage. Sie sind alle gekommen.

Ein ganzer Tisch voll Pflanzen, Blumensträuße, ein Kupferstich für unsere Wohnung und zwei Theaterkarten für Will und mich.

Die Everly Brothers umrahmen das Stimmengewirr. Ich leere die Aschenbecher, rücke die Reste auf dem Eßtisch zusammen, versorge gebrauchtes Geschirr in die Maschine und gebe neues raus. Ich brauche kein Rouge, weil meine Wangen in hektischer Röte glänzen, und ich stoße mit all den Freunden an, denke an Ella, die Altvertraute, die auch heute nicht in meiner Nähe ist.

Will trägt ein zufriedenes Gesicht und tätschelt mir den Po, als wäre ich ein braves Pferd, das ihm treu und redlich dient.

Meine Platten leeren sich zusehends, und ich gehöre mit zu denen, die eifrig zugreifen, und ich schmecke gern den Lachs und die Pasteten und trinke Weißwein dazu. Die Mandelsoße ist köstlich, und heißt es nicht: „Käse schließt den Magen"?

Noch ein Glas, um das Summen in meinem Ohr zu übertönen, wo es raunt und stichelt: „Halt ein! Hör auf! Du sollst nicht!"

Ich erliege dem eigenen Angebot, ich halte mit und proste zu, und in der Nacht, nachdem sie alle gegangen sind und Will die Flaschen aufräumt und ich die Reste im Kühlschrank versorge, wandern noch mal die Finger von Teller zu Mund, bis ich mich rund und kugelig fühle.

Mein voller Bauch belästigt mich im Bett. Das viele Durcheinander nach langer Enthaltsamkeit, dazu der Alkohol, eigentlich müßte mir schlecht sein. Urplötzlich hat der Gedanke etwas Faszinierendes. Die Möglichkeit, all das zu Unrecht Geraffte wieder loszuwerden, es auszuspucken und damit ungeschehen zu machen, erscheint als *die* Lösung.

Als Will schon längst in Morpheus' Armen liegt und der Tag die dritte Stunde zeigt, harre ich gebeugt über der weißen Kloschüssel, die ich mir eingehend von innen betrachte, und ich warte darauf, daß es mir gelingen wird, mit dem ganzen Ballast auch meine Schuldgefühle loszuwerden.

Danach spüle ich endlos den Mund, ziehe ein frisches Nachthemd an, weigere mich, mein Verhalten zu sehr ins Bewußtsein kommen zu lassen. Ich schließe vor allem die Augen und schlafe augenblicklich ein.

Kein Schnee verzaubert den Dezember. Kahl und trostlos wirken die Felder, nackt ohne die schützende weiße Decke. Ein riesiger Schwarm Saatkrähen wechselt mit wildem Gekreische seinen Futterplatz. Die Bäume rechts und links wirken deprimierend mit ihren fast kahlen Ästen. Nur der Himmel versöhnt mit ein paar hübschen Wolkenbildern.

Da draußen in der Einsamkeit der Landwege wahre ich kein Gesicht. Die Kälte beißt und treibt mir das Wasser in die Augen. Mit jedem Schritt trage ich die Last meiner Gedanken.

Ich bin enttäuscht von mir. Ich inszeniere ein Drama, in dessen letztem Akt ich mich häßlich, ungeliebt, abgelehnt und frustriert sehe.

Der Eßdrang kommt, und ich bin ihm ausgeliefert. Wem kann ich so etwas mitteilen? Wer sollte so etwas verstehen? Nur dem Tagebuch berichte ich mein ganz persönliches Versagen. Ich frage mich mehr und mehr, welch tiefere Bedeutung hinter meinem Hunger nach Nahrung steht.

Advent!

Wir brauchen einen Kranz. Die zweite Kerze wird morgen fällig. In der kleinen Gärtnerei hole ich das bestellte Wagenrad aus Tannengrün ab. „Groß soll er sein", hat Will gesagt. Platz und Raum haben wir genug.

Mit roter Schleife und roten Kerzen geziert, hängt Will das Ungetüm im Eßzimmer auf.

Advent!

Nostalgie in den Kaufhäusern, weihnachtliche Musik auf allen Sendern, auf daß das Herz sich einstimme und kaufe, kaufe, kaufe. Ich sitze an meinem Sekretär und notiere in mein Tagebuch. Ich schreibe mir den Schrecken von der Seele, die Ohnmacht, mit mir recht umzugehen, die Lieblosigkeit, die ich von Will spüre, ich notiere die vergeblichen Versuche, mein Eßverhalten einzuschränken und zu regulieren.

Ich schreibe von meinen Tag- und Wachträumen, und ich begegne mir in den Seiten als fremde Person. Auf der Suche nach mir selbst, analysiere ich mein Denken und Fühlen und verteile die Minuspunkte wie früher die Lehrerin in meiner Schulzeit. Die Achtung vor mir bröckelt wie mürber Putz, und ich bin krampfhaft bemüht, die Fassade zu erhalten, die gewöhnlichen Dinge zu verrichten, meiner Arbeit Herr zu werden, die Vorstellung von Nahrungsmitteln in meinem Kopf nicht so übermächtig werden zu lassen.

Zu Weihnachten gehören Plätzchen. Und Will wünscht sich Buttergebäck und Vanillehörnchen. Zusätzlich mache ich noch Haselnußmakronen und Zimtsterne. In meiner Küche duftet es nach frischen Keksen. Ich knete, forme und steche Halbmonde und Sterne aus. Manchmal steht Will hinter mir und probiert den Teig. Ich bin zufrieden, wenn er zustimmend nickt. All die gebackenen Schätze schichte ich in große Blechdosen, die ich mit Pergament ausgelegt habe. Mir selbst versage ich die ganzen Köstlichkeiten. Nur den Duft und den Anblick gestatte ich mir, aus Angst, statt zwei drei davon, das ganze Blech leerzufuttern.

An einem Samstag nehme ich mir Zeit für die Weihnachtseinkäufe. Die Stadt erschlägt mich mit ihren Geräuschen. Jetzt wird mir bewußt, wie abgeschlossen wir im Dorf draußen leben, wie weit entfernt von Lärm und Hektik. Doch hier pulsiert das Leben. Keiner nimmt Notiz von mir, wie ich so in meinem Parka an den Schaufenstern entlang schlendere. Ich genieße das Schauen. Ich bummle durch die Kaufhäuser und nehme das überwältigende Angebot in mich auf. Brauchen wir all das, was da an Waren in Theken und Regalen liegt? Im Taschenbuchladen blättere ich eine ganze Menge Bücher durch. Titel, die Hoffnung versprechen. „Die ganz andere Diät", „Neues Eßvergnügen", „Bewußt essen". Ich finde auch ein Buch über Eßstörungen. Mit Entsetzen stelle ich fest, auf welchem Weg ich mich befinde. Die Gewohnheit und schließlich der Zwang, sich vom Eßballast zu befreien, kann keine Lösung sein. In dieses Karussell will und darf ich nicht geraten.

Und noch was erschreckt mich total. Durch das Erbrechen ist mein Empfängnisschutz der Pille nicht mehr sicher. Hoppla, auf diese Art schwanger zu werden, das würde ich mir erst recht nicht verzeihen.

Neben der Buchhandlung ist ein Café. Die Tasche hängt mir schwer am Arm, ich beschließe, mich etwas auszuruhen.

Natürlich lockt die Kuchentheke. Zweimal schlendere ich unschlüssig davor auf und ab. Der Frankfurter Kranz sieht prächtig aus. Der Anschnitt der Käsetorte glänzt verführerisch, die Eclairs neben dem Obstboden, der Savarin und die Biskuitrolle. Ich verzichte und bestelle ein Kännchen Kaffee.

Ich blättere in meinen neuen Errungenschaften.

Ob mir hier eine Lösung angeboten wird? Ich suche nach Erklärungen, nach einem Leitfaden. Ich möchte, daß mich jemand an die Hand nimmt und sagt: „Mach es so!"

Diät heißt nicht hungern und darben, lese ich, Diät macht Freude und verändert auf Dauer ungesunde Eßgewohnheiten. Die Superdiät verspricht Idealgewicht und Wohlfühlgewicht. Wie es damit bei mir aussieht, klärt der Kneif-Test. Wer eine mehr als 2,5 cm dicke Speckschicht zwischen den Fingern hält ist übergewichtig. Da habe ich es. Warum genügt mir nicht der knackige Salat und der raffinierte Hundert-Kalorien-Snack für zwischendurch? Nahrungsmittel – statt Lebensgrundlage sind sie auf einmal gefährlich. Essen wird zum Seiltanzakt. Kampf den Pölsterchen.

Mit Puppe verabrede ich eines Morgens ein Abkommen. Ich schreibe auf, was ich am Abend essen werde. Wenn ich mich nicht daran halte, muß ich fünf Mark in eine Kasse zahlen.

Nach ein paar Tagen kommt mir das reichlich albern vor. Wozu brauche ich einen Aufpasser, eine Kontrolle, kann ich mir selbst nicht mehr trauen?

Bei einem meiner Sonntagsspaziergänge lande ich auf dem Friedhof des Dorfes. Kein Ort, den ich fürchte. Mit Interesse wandere ich an den Grabstellen vorbei, studiere die Daten und Inschriften der armen Seelen. Oder doch nicht? In meiner Vorstellung sind sie dort, wo es weder Raum noch Zeit gibt. Für mich ist es eine beruhigende Annahme, irgendwo aufgehoben zu sein, wenn unsere Wanderung durchs Leben beendet ist.

In diesen Tagen nehme ich wahr, daß in das Haus gegenüber eingezogen wird, ein frischvermähltes Paar, dem ich eine Karte zukommen lasse.

Mein Schwimmtraining habe ich aufgegeben.

Mein Hüpfseil, das ich ausgekramt hatte, und eine ausgeschnittene Anleitung: „So turnen Sie sich schlank", liegen wieder in der Schublade. Dabei auch zwei Kassetten, die versprechen, bei regelmäßigem Anhören würde man weniger Hungergefühl entwickeln. Alles Schmarren.

Ich schwimme orientierungslos in meinen Überlegungen. Einen Tag, meine ich, ganz ohne Abendessen auszukommen wäre eine Lösung für mich, weil ich gelesen habe, daß alles nach siebzehn Uhr Eingenommene mehr anschlägt. Einmal versuche ich es mit Getreidekörnern und Sojamilch. Beides kostet mich Überwindung zu schlucken. Abgesetzt.

Will hat da ganz andere Probleme.

Da sind die Fenster noch ein zweites Mal zu streichen, da ist die Feuerschutztür im Keller zu lackieren, da muß Heizöl bestellt und das Kaminholz, das in einem Riesenstapel im Freien sitzt, an einen trockenen Platz geschichtet werden, damit es austrocknet. Dann wollen, bevor die Weihnachtsferien beginnen, X und Y noch ein Zimmer renoviert haben. Zusätzlich ist die Endabrechnung der Hauskosten aufzustellen und die Winterreifen sind aufzuziehen.

Alles drängt sich noch in dieses Jahr. Fürs Frühjahr hat Will noch keine Aufträge, und das macht ihm große Sorgen. Es beunruhigt ihn so, daß er Kalkulationen anstellt. Keine Einnahmen, dazu Grundkosten, die weiterlaufen, die Mitarbeiter, die er nicht wegen Arbeitsmangel nach Hause schicken will.

Wie leicht kann ich ihn da beruhigen. Zuversichtlich soll er doch sein. Da kommt schon noch was. Da ruft ein neuer

Kunde an, da tut sich was auf Empfehlung. Vertrauen soll er haben, alles wird sich gut entwickeln.

Und bei mir? Da renkt sich nichts von alleine ein. Das habe nur ich in der Hand, da darf ich nicht blauäugig auf Schicksalhaftes vertrauen.

In mein Tagebuch schreibe ich: „Flaute im Bett, statt Leidenschaft null Bock. Was ist los mit der Liebe?"

Wohin ist sie geflüchtet? Was ist mit der Harmonie, dem Austausch der Gefühle und Empfindungen, das Offenbaren intimer Gedanken und Wünsche?

Hier schütte ich sie aufs Papier.

Will liebt mich auf seine Weise. Und das ist es, was mich kränkt. Er trägt die Winterkälte im Herzen. Ich bin nicht in der Lage, ihn zärtlich zu umgarnen, mein Charme ist dahin. Ich vermeide engen Körperkontakt und zweifle an meinen erotischen Reizen. Es manifestiert sich was an Armen und Schenkeln. Will macht eine Bemerkung dazu, die all meine Unsicherheit noch weiter schürt. Zur Hingabe gehört Akzeptanz. Ich mag mich selbst nicht leiden.

Ich kapsle mich zusehends ab, reagiere unwillig und abweisend auf Anrufe und Anfragen meiner Freunde.

Ich entrücke der Welt, gehe griesgrämig meiner Arbeit nach, immer die bohrenden Fragen in mir, in welch einen seelischen Schlamassel ich da hineingeraten bin.

Alle Gedanken führen im Kreis herum, und ich finde keinen Ausweg aus dem Labyrinth meiner Gefühle. Etwas soll geschehen, mir Klarheit geben, aber ich weiß nicht, wohin mich wenden. Eines Abends, als Will und ich zusammen sitzen, beginne ich zaghaft ein Gespräch.

„Manchmal habe ich richtige Heißhungergefühle", platze ich in eine Pause hinein. „Das ist bloß Langeweile", antwortet

Will und blättert, ohne aufzusehen, seine Seiten um. „Aber das ist doch nicht normal", frage ich vorsichtig weiter. Will legt sein Heft aus der Hand und meint: „Vielleicht brauchst du Abwechslung, neue Kontakte, Mitgliedschaft in einem Sportverein, schau doch mal ins Programm der Volkshochschule." – „Ich habe aber keine Lust auf Blumensteckkurse und Hausfrauengymnastik, ich will auch kein Französisch lernen, und mehr wird hier auf dem Land nicht angeboten." Will zuckt die Schultern. „War nur ein Vorschlag", brummt er. „Geh doch mal zum Arzt, vielleicht sind es auch die Hormone?" meint er abschließend. Will lacht mich an, und ich spüre, wie wenig er mein Leiden erkennt. Eine seltsame Fremdheit steht plötzlich zwischen ihm und mir. Mein Vertrauen in unsere Beziehung bekommt einen spürbaren Riß. Ein einziger Satzwechsel zeigt mir die Grenzen unserer Verständigungsmöglichkeiten.

„Manchmal breche ich alles wieder aus", schrei' ich in einem Anfall von Verzweiflung, und Will sagt: „Kein Wunder, wenn du deinen Magen so überlastest."

Ich bin allein! Ich bin allein!

Ich habe Will und meine Eltern und Ella und Bea und die Freunde, und ich fühle mich verlassen wie noch nie in meinem Leben. Die Tränen stürzen mir aus dem Gesicht, und ich werfe mich auf unser Bett und presse die Fäuste in die Augen. Wie das quälende Gefühl in mir ersticken? Endlich beruhige ich mich und liege mit wachen Augen da. Der Mondschein zaubert ein paar Lichtreflexe an die Wand. Auf dem Bett liegt ein kleiner Kuschelhase. Ich nehme das Stofftier in meinen Arm. Wie ein Kind, das darauf wartet, es möge jemand kommen, harre ich aus. Noch ein paar Tränen sickern in das Hasenfell.

Mit entsetzlicher Klarheit erkenne ich, daß ich mich ganz allein auf den Weg machen muß, mir zu helfen.

Aber wie?

„Geh doch mal zum Arzt!" Wills Satz wiederholt sich in mir wie eine Schallplatte, wenn die Nadel hängt. Ich kann ja nichts dabei verlieren. Schnell habe ich einen Termin beim Internisten verabredet. Er wird mich gründlich untersuchen und sehen, wo es fehlt.

Im Sprechzimmer.

Es ist mir nicht unangenehm, über mich zu reden. Einen langen Fragebogen habe ich bereits ausgefüllt, Urin abgegeben, Blut wurde meiner Vene entnommen. Der Arzt schaut mit wichtiger Miene auf seine Unterlagen. Ich soll mich freimachen, meint er, ohne dabei meinen Blick zu treffen. Gründlich werde ich abgehört, abgetastet. Die undurchsichtige Miene des Weißkittels verrät mir überhaupt nichts. Zum abschließenden Gespräch bittet er mich ins angrenzende Zimmer. Noch habe ich kein Wort von meinem eigentlichen Anliegen gesprochen. Ich will erst abwarten, was er mir zu sagen hat. Er scheint sichtlich zufrieden. Bevor er mich mit einem Hinweis auf die noch abzuwartenden Laborergebnisse entlassen will, bekenne ich.

„Ich habe ziemliche Gewichtsschwankungen, ich habe Heißhungeranfälle und erbreche gelegentlich." Schweiß in meinen Händen, Schweiß auf meiner Stirn. Er sagt gar nichts zu meinen ungeheuerlichen Äußerungen. Er taxiert noch einmal meine Figur, fragt, ob ich eventuell schwanger sein könnte, was ich verneine. Dann drückt er mir drei weiße Formblätter in die Hand, wobei er sagt: „Hier ist eine Anleitung über den Kaloriengehalt der einzelnen Lebensmittel. Sehen Sie sich das genau an, ich bin sicher, sie kommen damit zurecht." Versteinert sitze ich da, nehme die drei Blätter entgegen, schlüpfe als Unperson aus der Praxis, um mich im Treppenhaus an eine Wand zu lehnen. „Das gibt es doch gar nicht", sage ich laut vor mich hin. Alles andere hätte ich erwartet als den lapidaren Hinweis auf eine Kalorientabelle, die ich schon eh fast im Kopf habe. Ich zerreiße die Papiere und werfe sie in den nächsten Abfallkorb. Habe ich mich so mißverständlich ausgedrückt, bilde ich mir nur etwas ein, oder ist dieser Arzt ein Idiot? Ich laufe mit einem langen Gesicht durch die Stadt.

Wie in Trance nehme ich niemand um mich herum wahr. Zwischen mir und der Wirklichkeit ist eine Wand.

Am nächsten Kiosk kaufe ich mir eine Packung Kekse und eine Dose Erdnüsse. Die Kekse esse ich ohne Besinnung. Ich schmecke die Füllung aus Krokant. Eine leise Ahnung, wie es Süchtigen zumute ist, steigt in mir auf.

Vor mir passieren Menschen die Fußgängerzone. Ein buntes Treiben ist das. Es scheint, als haben sie alle ein Ziel, diese Leute, als strebten sie zu einer wichtigen Verabredung.

Eine einzelne Träne rinnt aus meinem Augenlid, gleich gesellen sich ein paar Kameradinnen dazu. Vor einem Schaufenster bleibe ich stehen. Mein verschleierter Blick bleibt an einem Bild hängen, das ich erkenne. Hans Thoma hat es gemalt, mit einem tiefblauen Himmel, der weit in die Bildmitte hineinreicht. Ein Spaziergänger mit einem Hund bewegt sich auf den Bildrand zu, getrennt durch einen Graben von einem Paar, das neben zwei Bäumen steht. Ich fühle mich ganz verbunden mit diesem einsamen Spaziergänger. Das Salz der Tränen mischt sich mit dem Salz der Erdnüsse, meine Finger kleben. Auf meiner Zunge, in meinem Herzen Bitterkeit.

Ich habe überhaupt keine Lust, Weihnachten zu feiern. Mit Glaube und Kirche hat Will sowieso nichts am Hut. Was bleibt da noch, außer Mund und Gaumen mit besonderen Leckerbissen zu erfreuen. Ich bestehe auf einem Tannenbaum. Als ich ihn am Nachmittag des Heiligen Abends mit Kerzen und Lametta schmücke, tauchen wehmütige Kindheitserinnerungen auf.

Will und ich sind befangen. Wie begeht man so ein Fest mit sich allein, wenn etwas Fremdes die Vertrautheit blockiert, wenn ein Händedruck zur komischen Geste wird. Die Weihnachtslieder tönen vom Plattenteller, und die roten Kerzen flackern gefährlich. Der Engel mit Goldhaar, der an einem Zweig baumelt, hat seine Posaune abgesetzt und blickt nachdenklich auf die beiden Erwachsenen, die sich so kindisch benehmen.

Will bekommt ein liebevoll verpacktes Päckchen mit einer neuen Pfeife und einem Tabaksbeutel aus Wildleder.

Ich habe mir ein eigenes Geschenk gemacht, von dem ich glaube, daß es mir Nutzen bringt. Ein Stehfahrrad, einen Heimtrainer, ein Gerät, an dem ich meine Kondition verbessern und Pfunde abstrampeln kann.

Noch am Abend bin ich am Ausprobieren. Die Augen auf den Kilometerzähler fixiert, warte ich darauf, daß die erlösende Zahl von fünf Kilometern erscheint. Das zieht sich ganz schön hin.

Mitten in der Nacht werde ich wach.

Hat mich das Klappern der Rolläden geweckt oder ein böser Traum? Im Haus ist es ganz still, doch draußen tobt und zerrt der Wind an den Ästen. Ich stehe auf und beobachte den Mond, der wolkenverschleiert über den zerzausten Birken steht.

Das Jahr liegt in den letzten Zügen. Noch dreimal wird der Mond aufgehen, dann beginnt ein neuer Monatszyklus.

Ich stehe auf und schleiche in den Keller. Mein Herz klopft, als habe ich etwas sehr Verbotenes vor. Mein Ziel sind drei große Blechdosen. Ich öffne eine nach der anderen, lege die Deckel beiseite und atme den Duft von Vanille, Zimt und Nüssen.

Mein Mund füllt sich mit Speichel. Die zarten Oblaten zergehen auf der Zunge. Die köstliche Glasur der Zimtsterne kracht, als ich hineinbeiße. Ich probiere alle meine Sorten. Nun ist erst recht mein Appetit geweckt und ich erliege der Versuchung einer zweiten Runde all der Köstlichkeiten.

Die ganzen Feiertage hatte ich es geschafft, mich in wunderbarer Weise zurückzuhalten. Ich war so tapfer gewesen. Die Schwiegereltern waren unsere Gäste, und ich habe in vornehmer Zurückhaltung meinen Teller gefüllt. Ein wenig Pute, drei Kroketten mit einem Löffel Soße, etwas Salat.

Ich mache die Keksdosen zu und greife nach einer Schachtel Mon Chérie, die ich für den Fall eines vergessenen Weihnachtsgeschenks hier deponiert habe. Ich kann erst von der Schachtel lassen, als sie halb leer ist. Jetzt einen Zipfel Salami als Gleichgewicht zu all dem Süßen. Der kräftige Geschmack macht mir Lust auf Gurken. Vor mir reihen sich ein paar Gläser Dillschnitten im Regal. Es kostet Mühe, bis ich den Deckel aufbekomme.

Das gute Gefühl in meinem Bauch dauert nur ein paar Augenblicke, schon schleicht sich eine Reihe vorwurfsvoller Gedanken durch meinen Kopf. Entschlossen schraube ich das Glas zu, ordne alles, wie es war, und gehe leise nach oben.

Im Wohnzimmer setze ich mich vor den geschmückten Tannenbaum und starre auf die heruntergebrannten Kerzen.

Das dumpfe Gefühl, daß etwas in meinem Leben nicht in Ordnung ist, schleicht sich heran, überfällt mich mit aller Wucht.

Ich hole mein Tagebuch und schreibe den Satz: „Ich esse." Dann setze ich noch ein f und ein r davor.

Es sieht schlimm aus dieses Wort. Es ist eine Beleidigung und springt mir wie ein Schuldgeständnis ins Gesicht.

Mein Verhalten wird mir immer fremder. Was hat dieses gierige Einverleiben mit mir zu tun? Ein Hunger, der nicht nur aus dem Magen kommt. Die obsessive Beschäftigung mit meinem Körper. Ich kann nicht über das „zuviel Essen macht dick, weniger essen läßt mich hungrig" hinausdenken. Ich habe mein Mittelmaß verloren. Meinen Körpersignalen für „satt" und „hungrig" ist nicht mehr zu trauen. Eine Scheibe Brot, zwei Scheiben Brot, oder dürfen es auch drei Scheiben Brot sein? Diese Fragen kann ich nicht mehr alleine lösen. Deshalb brauche ich Orientierungshilfen, Ratgeber, die mir sagen, was richtig ist und normal.

Ich gehe ins Bett zurück und schmiege mich an Wills warmen Rücken. Draußen heult noch immer der Wind. Ich liebe diese Geräusche, ich fühle mich dann geborgen in meinem Bett. Doch heute scheint nichts mehr zu stimmen. Ein Katalog dunkler unheilvoller Bilder drängt sich in mein Bewußtsein, ich versuche sie abzuweisen, doch immer neue Phantasien tauchen in mir auf. Eine grenzenlose Sehnsucht, klein und versorgt zu sein, bemächtigt sich meiner. Kein Weg führt zurück in die Kindheit. Ich sehne mich nach dem dunklen Nichts, in das ich eintauchen möchte.

Irgendwann schlafe ich erschöpft von all den Grübeleien wieder ein.

Silvester!

Bea hat uns eingeladen, aber Will möchte lieber zu Hause bleiben. Wir quälen uns den Abend durch das Silvesterprogramm. Glitzer und Flitter auf allen Kanälen. Gemeinsam beobachten wir die Uhr, als könnten wir die magische Zwölf verpassen. Ein paar Minuten vorher richte ich die Sektschalen und nehme eine Flasche aus dem Kühlschrank. Die Jahresereignisse ziehen im Schnellraffer auf dem Bildschirm vorbei. „Los du", sagt Will, „verträumst noch die entscheidenden Sekunden." Ich lache ihn an, den Menschen, der mir am nächsten ist, dann trinke ich das ganze Glas in einem Zug aus. Wir ziehen die Mäntel über und rennen auf den Hof, wo die Nachbarn schon ihre Knallfrösche zünden. Man gibt einander die Hand mit vielen guten Wünschen. Dann betrachten wir den Nachthimmel, der in bunten Farben glüht. Silberne Wasserfälle, grüner Funkenregen, ein purpurnes Rad. Ich habe nur einen Wunsch in dieses Farbenspiel hinein.

Im neuen Jahr muß sich was ändern.

JANUAR

VORBEI die Zeit mit Tannenduft und Wunderkerzen. Mit Erleichterung verstaue ich den ganzen Baumschmuckkrempel in eine große Kiste. Ich bin erschöpft von dem Hin und Her meiner Eßkapriolen und ohne Perspektive.

Eine ältere Kollegin verdirbt mir den Tag mit der Feststellung, ich hätte ganz schön zugelegt. In meiner grauen Hose wölbt sich ein festes Bäuchlein, das nicht wegzuschmuggeln ist. Ich habe schon wieder ein Kilo zugenommen. Das kann ich doch nicht einfach ignorieren.

Unsere Welt orientiert sich an Äußerlichkeiten. Was man vorstellt, das Auswendige beeindruckt. Das zu verschönern und ins rechte Licht zu rücken, davon lebt eine ganze Industrie. Brav verfolgen wir Frauen die Trends. Man muß schließlich wissen, wie es mit den Rocklängen steht, welcher Duft angesagt ist, welcher Haarlook up to date. Wir stecken unsere Köpfe in die Modejournale und schneiden schlecht ab, weil unsere Haut niemals so rein und unsere Beine einfach zu kurz geraten sind. Natürlich schreibt uns niemand etwas vor. Und trotzdem, was hängenbleibt ist ein mehr oder weniger intensives Bestreben, sich den gängigen Schönheitsvorstellungen anzunähern. Und die achten nun mal auf Linie. Ich bin ja selbst eine von denen, die sich da mitorientiert, auch wenn ich nicht jede neue Variante in Stoff, Schnitt und Farben mitmache. Nur wenige, die ich kenne, haben das Selbstverständnis, der vorgegebenen Richtung abzuschwören, nach eigenen Gesichtspunkten auszuwählen und dabei allen Blicken standzuhalten.

An einem Morgen entdecke ich beim Anziehen einen Aus-schlag, der außer Armen, Beinen und dem Gesicht meinen ganzen Körper mit roten unregelmäßigen Knötchen bedeckt.

Ich gehe wie gewohnt in die Bank, zeige die Hautverände-rungen in der Frühstückspause meinen Kolleginnen. Sie reden mir zu, gleich zum Arzt zu gehen. So von der Arbeit freigespro-chen, stelle ich mich beim Dermatologen vor, der prüfend über seinen Brillenrand blickt, keine rechte Erklärung dazu findet und meinen Ausschlag in die Richtung verspätete Windpocken einreiht.

Er schreibt mich krank.

Mich wundert das alles nicht. Die Haut als mein schwäch-stes Organ, als sensibelste Stelle, die je nachdem mit Röte und Brennen auf meine Gefühlsschwankungen reagiert, sie signali-siert mir, daß ich mich in einer schweren Krise befinde.

Meine Unfähigkeit, aus der Haut zu fahren und meinem Unwillen Luft zu machen, hat mein Körper auf diese Art und Weise gelöst. Er ist intelligenter als ich, und ich sollte ihm mehr vertrauen. Zum Glück sind die Pusteln nicht im Gesicht. Sie jucken auch nicht, wie mir der Arzt prophezeit hat. Sie sind allein Ausdruck meiner inneren Situation und das im wört-lichsten Sinne. Ich denke sehr darüber nach.

Ich bin froh, krank zu sein und von allen Geschäften entlas-sen. Keine Pflichten, die mich zusätzliche Kraft kosten. Ich habe genug zu tun mit meinen inneren Dialogen und Selbst-zweifeln und dem Versuch, das geheime Muster aufzuspüren, an dem ich so leide.

Ich höre, wie Will aufsteht und sich fürs Geschäft fertig macht. Ich bin ihm dankbar dafür, daß er nicht darauf besteht, daß ich die fürsorgliche Hausfrau spiele und ihm den Kaffee serviere. Will ißt sein Morgenmüsli schweigend. Ganz leise höre ich das Geraune des Radiosprechers und ein Rascheln der Zeitungsblätter. Später fällt die Haustür ins Schloß, und unser

Wagen fährt davon. Ich liege eingehüllt in unsere Wärme. Die Nachtschatten hausen noch im Zimmer, ich versinke in immer neue Träume, bis die Postbotin mit dem Briefkastendeckel klappert. Ich schrecke auf, es ist zehn Uhr vorbei.

Ich vertrödle den Tag, lasse mich hängen und begegne mir als grimmig blickende Zicke im Spiegel.

Bonjour Tristesse. Fehlt mir was, und wenn ja, was und woher könnte ich es bekommen?

Ich bin so ratlos mit mir. Unschlüssig wandere ich in den Räumen hin und her. In meinem Buch über Eßstörungen wird von notwendiger psychologischer Hilfe gesprochen. Ist es so weit mit mir gekommen, daß mir nur eine Therapie noch helfen kann? Vor einem fremden Menschen meine Seelenlage ausbreiten?

Ich weiß nicht, ob jemand mein Verhalten nachvollziehen kann, geschweige denn verstehen.

Vom Küchenfenster aus sehe ich in den Nachbargarten. Die Katze schleicht um den Apfelbaum. Eine ganze Weile verharrt sie regungslos und beobachtet. Plötzlich macht sie einen gewaltigen Satz. Katze sein, nichts tun müssen, schlafen, dösen, fressen. Welch ein entspanntes Leben. Eine Amsel setzt sich auf den Sandsteinpfeiler, wartet ab, hält ihren gelben Schnabel in den Wind und flattert aufgeregt davon.

Die ganze Nacht hat ein scharfer Wind ums Haus getobt und sich erst in den Morgenstunden beruhigt. Jetzt gerät draußen wieder alles in Bewegung. Der Laternenpfahl raunzt und klappert. Das kurze Gras der Wiese wird kräftig gegen den Strich gebürstet, die Oberleitungen schwanken hin und her.

Mein zweiter Tag zu Hause. Ich bleibe bis Mittag im Bett, flüchte mich vor allen Eßversuchungen in den Schlaf.

Dann arbeite ich lustlos in der Küche herum, sortiere sorgfältig das Besteck in den Kasten. Ich fülle die Waschmaschine und beobachte, wie das Wasser zufließt, wie sich die Trommel dreht. Die Schaumblasen steigen und platzen, unsere Kleider ballen sich zu einem Kunterbunt hinter der Scheibe.

Ich denke darüber nach, daß es unwahrscheinlich sein dürfte, im Leben zweimal die gleiche Kombination an Wäschestücken zu waschen, trotz des häufigen Rituals.

Die Maschine setzt mit sanftem Schlingern zum Schleudern an, der Wäscheberg kreiselt vor meinen Augen. Ich komme mir ziemlich blöde vor, am Boden zu hocken, das Waschprogramm als Unterhaltung vor Augen.

Ich muß essen.

Im Kühlschrank steht ein Rest Apfelbrei. Zwei kalte Kartoffelpuffer vom Vortag sind auch noch übrig. Ich stöbere noch andere Sachen auf, die mir Appetit machen. Vom Gouda schneide ich ein kräftiges Stück herunter, eine Tüte mit Cracker dazu wäre nicht schlecht. Ich bleibe in der Küche und setze mich auf den Boden, auf die grünen Steinfliesen, und greife in die Tüte mit dem Salzgebäck. Dabei denke ich an das Kind, das ich einst war. So habe ich oft dagesessen und mit Plastikgeschirr gespielt.

Der ganze Käse ist aufgegessen, die Tüte mit Cracker ist leer. Wie ein hungriger Löwe inspiziere ich die Schränke. Ich schmiere mir ein Senfbrot und lege Zwiebelringe darüber. Jetzt habe ich Durst. Die Mineralwasserflasche steht in meiner Nähe. Ich mache mir nicht die Mühe, ein Glas zu holen. Allmählich füllt sich mein Bauch. Ich werde nicht satt. Dafür schleicht sich das schlechte Gewissen ein. Die letzte Diät ist längst im Eimer.

Ich muß an den Glasschrank, wo eine Schachtel mit „After Eight" steht und eine halbe Dose Erdnüsse.

Das ist kein normaler Hunger mehr. Das sind Symptome von Suchtverhalten. Panische Angst überfällt mich. Ich habe das Gefühl, in eine unbekannte Tiefe zu fallen. Ich putze mir die Zähne und bürste wie eine Verrückte. Fremd schaut mich mein Spiegelbild an, aus weiten grünbraunen Augen. Ein voller Mund, der mir mal recht sympathisch war, der mir nun mein gieriges Verlangen demonstriert, meine Lust am Kauen, Einspeicheln, Schlucken.

Was tun mit meiner Unruhe?

Im Wohnzimmer krame ich mein Strickzeug aus einer Schublade. Die Maschen rutschen mir schwer von der Nadel. Ich stricke meine miese Laune mit ein, mein ganzes Bekümmertsein.

Vielleicht rettet mich Musik aus diesem Tief. Im Regal suche ich die Platten durch, bis ich Grieg finde. Peer Gynt, Anitras Tanz. Ich liege im Sessel mit geschlossenen Augen und lasse mich einhüllen von den norwegischen Klängen. Flöten und Oboen schaffen, daß sich meine Verkrampfung etwas löst. Variationen in Moll. Noch einmal alle Melodien von vorne. Solveigs Lied gefällt mir am besten.

Die Frauen vom Dorf stehen in einer bunten Gruppe zusammen. Es gibt immer etwas zu schwatzen. Ich als Zugezogene habe nicht mehr zu sagen als ein freundliches: „Guten Tag!"

In den Vorgärten lädt um diese Jahreszeit nichts zum Schauen ein. Ich vermisse den Schnee. Bis jetzt hat der Winter lediglich ein paar Graupelschauer aus dem Sack gelassen. Nur am Morgen sehe ich bizarre Muster aus Schneekristallen am Maschendrahtzaun. Öde und verschlafen liegt der ganze Ort. In meinem Zimmer ist es gemütlich warm. Wieder einmal fülle ich die Blätter mit Zeichen meiner Ratlosigkeit. In meinem blauen Tagebuch stehen allerlei Anschuldigungen gegen mich. Meine blöde Eitelkeit werfe ich mir vor, mein mangelndes Selbstvertrauen, meine Inkonsequenz. Wieso bin ich so aus dem Gleichgewicht gekommen?

Ich krame in meinem Schrank und suche in alten Fotoalben nach der anderen in mir. Ich entdecke Fröhlichkeit in alten Aufnahmen, und ich finde eine Schachtel mit bemalten Seidenkarten, die von meiner Freude am schöpferischen Tun berichten.

Jetzt bin ich ein leeres Gefäß. Ich fülle es mit Essen und wiege mich doch keinen Moment in Zufriedenheit.

An diesem Nachmittag fällt mir beim Lesen der Zeitung die fett gedruckte Nummer der Telefonseelsorge auf. Einer plötzlichen Eingebung folgend will ich gleich anrufen. Schon den Hörer in der Hand – Zaudern, Herzklopfen. Was können die mir sagen? Es ist anonym, ich kann auflegen, wenn ich will. Dreimal die Eins, die Null und wieder die Eins. Ich blicke auf die Monate zurück, auf meinen Kampf im Alleingang, und ich sehe, daß es nicht zu schaffen ist. Ich kann nichts dabei verlieren. Ich muß mich jemand anvertrauen und brauche Hilfe.

Eine ganze Stunde lang breite ich vor einer unbekannten Frau meine Schwierigkeiten aus. Ich rede und rede. Die Fremde hört mir geduldig zu. Und sie gibt keinen der üblichen Ratschläge. Kein Vorwurf, keine Maßregelungen, kein neuer Diätvorschlag, den sie mir verordnet.

Vom Hineinhorchen in mich spricht sie, vom Erlauben statt vom Verbieten, vom Nachspüren meiner eigentlichen Bedürfnisse und vom Vertrauen in mich.

Das Gespräch hat mich sehr entlastet, aber die Worte kreiseln in meinem Kopf. Erlauben, erlauben! Gestatte ich mir nicht viel zuviel? Soll ich der Maßlosigkeit Tür und Tor öffnen? Sprechen nicht alle von Einteilen, Rationieren, von Vernunft? Soll ich mich etwa nicht beschränken? Wo führt das noch hin?

Ich brühe mir eine ganze Kanne Tee auf und sitze den Nachmittag da, die wärmespendende Tasse in den hohlen Händen. Ich weiß nur eins gewiß. Was immer ich auch esse, ob viel oder wenig: Es ist kein Vergnügen und keine wirkliche Befriedigung.

Kommt Will nach Hause, entwickle ich eine geschäftige Tätigkeit. Ich schleppe den Wäschekorb aus dem Garten, hantiere mit Eisen und Bügelbrett und mache große Kochvorbereitungen in der Küche. Will fragt nicht nach meinem Tag. Mein Ausschlag ist ganz weg. Ich komme auf zwei Beinen daher und scheine vollkommen heil. Will erzählt beim Kaffee von seinen Kunden, vom Ärger mit den Gesellen, daß ein Kompressor verstopft war und ihn das drei Stunden Arbeit gekostet habe, und von einer Kundin, die nichts weiter zu tun hatte, als die Arbeiten in ihrem Haus durch permanente Anwesenheit zu behindern.

Will hat keine Träume und Depressionen. In der ruhigen Mitte seines Temperaments durchlebt er das Jahr und fragt nicht weiter. Alle Rätsel des menschlichen Seins erschüttern ihn in keiner Weise. Wo ich nach Antworten suche, stützt sich mein Mann auf seinen ausgeprägten Sinn für Realität und Fakten. Aber ich sehe auch andere Seiten an Will. Auch für ihn gibt es Dinge, denen er nicht so einfach gewachsen ist, die ihn lähmen und ihn nachdenklich stimmen.

Ich selbst habe meinen Mann auf ein zu hohes Podest gesetzt.

An einem meiner leeren Nachmittage bringt mich ein Anruf von Iris auf Touren. „Ich wollte dich besuchen", sagt sie, „aber du klingst so komisch, da bleibe ich wohl besser daheim", meint sie abwartend. Sofort protestiere ich. „Natürlich kommst du raus", ich höre meinen eigenen Argumenten zu. Iris hat aufgelegt. Ich stehe noch eine Weile da und halte den Hörer in der Hand.

Dann sause ich durchs Haus, stelle das Duschwasser an und lege mir frische Wäsche heraus.

Als Iris kommt, dufte ich nach parfümiertem Puder. Meine Haare sind noch feucht, aber mit einem Band nach hinten gebunden. Musik läuft.

Meine Freundin bringt gleich etwas großstädtischen Flair in unsere Wohnung. Iris riecht gut.

Mit einer neuen luftig gelockten Dauerwelle, in Seidenbluse und modischen Hosen sitzt sie mir gegenüber. „Nun erzähl mal", sagt sie auffordernd, als wir bei unseren Kaffeetassen sitzen. „Was gibt es Neues bei euch?"

Ich verweise auf Will, auf seine Arbeiten am Haus. Iris unterbricht mich schließlich und fragt: „Und du?"

In die Pause hinein sortiere ich meine Antworten. Nichts von meinen Eßanfällen, kein Wort von meinen Problemen. Iris, die feine gepflegte Iris, wie würde sie mich ansehen, mit ihren grauen Augen! Eine schöne Freundin gäbe ich ab, ein Monster, das frißt und sich nicht beherrschen kann.

Iris' gepflegte Hände greifen nach meiner Hand, und sie sagt: „Du wirkst so abgespannt." Dann erzählt sie von einem tollen Angebot aus England, von ihren Plänen.

Sie plaudert so angeregt und sprüht vor Vitalität. Sie verkörpert für mich all jene Eigenschaften, die mir abhanden gekommen sind. Spontaneität, Leichtigkeit, ein Schuß Übermut. Obwohl ich zwei Jahre jünger bin als sie, fühle ich mich viel älter. Warum ist das so?

Iris blüht auf beim Erzählen. „Du wirkst richtig gestreßt", meint sie, „sind das noch Nachwehen vom Bauen?" Aber ohne meine Antwort abzuwarten, schwirrt sie schon weiter im Gespräch und schlägt einen gemeinsamen Saunabesuch in der nächsten Woche vor. Da klingen bei mir gleich ein paar Glocken. Saunen, Schwitzen, Wasserverlust, auf jeden Fall gut für die Figur. Ich verspreche mitzugehen.

Will kommt und begrüßt uns. Wir zeigen Iris das Haus und laden sie zum Vesper ein.

Ein blasser Mond steht schon am Himmel, als sie geht. Der Kirchturm ragt wie ein schwarzes Ausrufezeichen zwischen den Wolken. „Also bis nächste Woche", winkt Iris und fährt in ihrem Golf davon, zurück in die Stadt.

In der Sauna sitzen schon vier Frauen. Der hitzige Geruch von Fichtennadelaufguß schlägt uns entgegen. Iris und ich setzen uns zusammen und genießen schweigend den Prozeß des Aufwärmens. Ich taxiere die anderen Damen, vergleiche Bauch, Po und Brüste mit meinen Maßen. Ich schaue auf die Tönung der Haut, die Haltung des Gesichts. Kein Grund zur Panik, ich falle in keiner Weise aus der Rolle.

Es tut gut, sich der Hitze hinzugeben. Es tut gut, sicher zu sein, daß niemand etwas von mir will. Der Schweiß rinnt, ein kleiner Bach zwischen meinen Brüsten. Mit der Feuchtigkeit tritt auch die Schwere aus, die Last der täglichen Routine, und mit einem Seufzer entlasse ich für eine Weile, was mich so bedrückt.

Die Grenze des Erträglichen ist erreicht. Das Bedürfnis nach Kühle und Wasser wird übergroß. Die Lust, in das kalte Becken zu tauchen, baut sich zum Verlangen auf. Raus!

Später liegen wir in unseren Stühlen. Gott sei Dank kein Geschwätz. Nur hineinhorchen in den Körper, spüren, wie sich die Trägheit breitmacht und sich dieses unsagbar wohlige Gefühl entwickelt. So bleiben, stundenlang.

Iris und ich verlassen diesen Ort der Entspannung. Wir steuern ein griechisches Weinlokal an. Ein Glas Samos zum Gespräch. Ich bin eine gute Zuhörerin und lausche, von Iris' Welt zu erfahren, ihren vielen Bekanntschaften und Ungezwungenheiten. Ich stelle unsere so verschiedenen Verhaltensweisen nebeneinander. Der süße Wein wirkt wie ein Anregungsmittel in meinen Adern.

Ein zweites Glas lehnt Iris ab. Ich muß aufpassen, sagt sie, und zupft an ihrem Rockbund. „Du doch nicht", sage ich. Da erzählt Iris von einem Heilfastenkurs, den sie belegen will. Sie schwärmt von fremden Erfahrungen. Ganz optimal soll das sein. Ein Muß für jedes Frühjahr. Ein Jungbrunnen für den ganzen Körper, und nebenbei verliert man noch einige Pfunde. Das ist nichts für mich, winke ich ab. „Ich fall' schon bei jeder

Diät um, und dann erst fasten." – „Es ist leichter, gar nichts zu essen als wenig", meint Iris abschließend.

Wir rauchen noch eine Zigarette, mustern die Gesellschaft im Lokal, lassen uns über das Wetter aus, dann trennen sich unsere Wege. „Überleg's dir noch mal", ruft Iris mir nach.

In der Stadt gehört der Samstagvormittag den Einkäufen auf dem Markt. Ausgiebig Zeit nahm ich mir stets, um an den Ständen auf und ab zu gehen und Gerüche und Farben in mich aufzunehmen.

Hier im Dorf wird am Samstag geschafft und geputzt. Gehsteige und Einfahrten werden gefegt, die Autos gewaschen, die letzten welken Baumblätter vom toten Rasen geharkt.

Schon steh' ich dabei und klopfe den Abtreter gegen die Sandsteinmauer. Meine Nachbarin fegt die Fenstersimse und lächelt zu mir herüber. Sie ist ungefähr in meinem Alter.

Wie, wenn ich zu ihr hinüberginge, auf ein paar Worte über den ausbleibenden Schnee, über meinen Ausschlag, der mir eine Woche Ausruhen eingebracht hat. Noch bevor ich mich entscheiden kann, ruft mich Will ans Telefon. Schnell eile ich die Eichentreppe hinauf, um meinen Vater zu begrüßen. Er fragt nach dem Stand der Dinge, ob wir uns wohl fühlen im neuen Heim, wie wir uns eingelebt haben. Ich höre mich alles ganz positiv schildern. Ich höre mich: „Na das ist ja prima" sagen, als mein Vater mir seinen Besuch mit der Stiefmutter ankündigt. Ich bin die zufriedene junge Frau am Telefon, die es gar nicht abwarten kann, ihren Eltern das Haus zu präsentieren. Ein Termin wird verabredet. Mein Geburtstag in vier Wochen natürlich, das bietet sich an, das geht in Ordnung. Noch ganz verdattert stehe ich da, schon rattert es in meinem Denkkasten. Es ist entsetzlich, wie wichtig es mir scheint, daß sie alles angenehm finden, ansprechend, gut eingeteilt, daß ich die rechte Figur im Haus abgebe, daß ich die alte bin, die Tochter, die sie kennen und lieben, zu der man sagt: „Mädchen, ißt du auch genug?"

Meinem Vater könnte auffallen, wie sehr ich auseinandergegangen bin. Er könnte eine seiner spitzen Bemerkungen machen, und sie würde mich ins Herz treffen und verwunden. Enttäuscht über mich würde ich alles dafür einsetzen wollen, so zu sein, wie er mich gerne sieht.

Iris mit ihrer Fastenkur fällt mir ein. Vielleicht ist das doch keine unmögliche Sache. Wenn Iris doch so guten Mutes ist? Wo Fasten doch so eine lange Tradition hat.

Halb bin ich schon entschlossen. Die Aussprüche meiner unbekannten Ratgeberin am Sorgentelefon schlag' ich schnell in den Wind. Disziplin ist alles. Einmal muß ich es doch pakken.

Meine Karenzzeit ist abgelaufen, die Arbeitspause vorüber. Vorbei die Trödelei im Haus, schließlich habe ich einen Arbeitsvertrag und bin wieder gesund. Die rätselhafte Tätowierung meiner Haut ist völlig verschwunden.

Die Kollegschaft begrüßt mich freundlich. Schnell habe ich meinen Arbeitsrhythmus wiedergefunden, führe meine Telefongespräche, setze viele Male meinen Namen unter die Belege. Man unterrichtet mich über den neuesten Klatsch und stellt mir den neuen Lehrling vor. So geht alles seinen Gang. Auf meinem Schreibtisch ein Glas Wasser, an dem ich in kurzen Abständen nippe, um den faden Geschmack aus meinem Mund zu spülen.

Die Mittagszeit verbringe ich mit Bea in der Kantine und trinke Tee. Bea kaut an ihrem Brot, schneidet den Apfel in Viertel und Achtel, trinkt aus ihrer Colaflasche. Mein Magen grummelt. Das hungrige Tier liegt auf der Lauer, ein wenig betäubt von Puppes Redeschwall.

Graziös spaziert sie zwischen Geschirrschrank und Tisch. Ihr Minirock bedeckt keine Knie. Puppe offeriert ihre Reize.

Lange Wimpern hinter der Brille, ein gekonnter Augenaufschlag. Puppe beherrscht das Flirtspiel. Daneben komme ich
mir plump vor.

Will hat von einem seiner Leute, einem Freizeitangler, Forellen
geschenkt bekommen. Am Abend steh' ich in der Küche und
bereite die frischen Fische zu. Ein wenig Muskat, frische Peter-
silie, Salz und Pfeffer aus der Mühle. Auf dem Herd köchelt
der Reis. Bis er fertig ist, sitze ich auf meinem Heimtrainer.
Augen weg vom Tachometer. Viel zu schnell bin ich versucht
draufzuschauen, ob mein Limit erfüllt ist. Einen hochroten
Kopf bekomme ich, bis ich mir die angestrebten Kilometer ab-
gequält habe.

Will und ich sprechen über unsere Tagesereignisse.
   Wir trinken Weißwein aus einem Glas. Ich erzähle von Iris'
Vorschlag mit der Fastenkur. „Gute Idee", meint mein Mann.
„Wenn du denkst, du schaffst es?"
   Will berichtet, daß er beim Arzt war, daß es ihn da und dort
zwickt und sein Kreuz Beschwerden mache. Kein Wunder,
nach all der Belastung! Ich höre aufmerksam zu. Will spricht
von Magenschmerzen und diffusen Ängsten, was das Geschäft
betrifft. Der Hausbau steht Rot in unseren Konten. Mit dem
wenigen an Bausparverträgen haben wir uns ganz immense
Schulden aufgeladen. Jetzt ist es wichtig, daß der Laden läuft,
das Geschäft floriert und Aufträge hereinkommen. Die Last
der Verantwortung, das Muß, das dahintersteht, die Sollsalden
– all das macht meinem Mann zu schaffen.
   Seine Hand und meine Hand, über den Tisch hinweg eine
Berührung, die uns vertraute Gewohnheit war. „Der Arzt hat
mir eine Kur empfohlen", sagt Will. „Ich weiß nicht, ob der Betrieb so lange ohne mich läuft."
   Ich rede Will zu, sich wichtig zu nehmen, an sich zu denken
und die Erholungspause zu nutzen.

Das Bett bringt uns zusammen. Die Sehnsucht der Körper nach Nähe. Das Bedürfnis, eine kleine Weile all das Trennende auszuschalten und ohne Wunsch zu werden. Alles wäre so einfach in der Umarmung, nur sich fallen lassen und keinerlei Kontrolle ausüben. Will hält mich zärtlich. Das könnte genug sein.

Doch ich stelle mir selber ein Bein. Höre auf die Teufelchen, die flüsternd mein Lager umtanzen und die Szene beobachten. Ihr Singsang dröhnt in meinen Ohren. Alles schön und gut, soufflieren sie mir. Wärst du nur etwas dünner, ein bißchen graziler, mit mehr Kontur und weniger Hüftspeck. Dann hättest du allen Grund, glücklich zu sein.

FEBRUAR

ICH HABE MICH für diesen Fastenkurs angemeldet.

Iris ist hocherfreut. Zusammen sitzen wir in einem Schulsaal in der ersten Bank.

Unsere Lehrmeisterin, eine ausgebildete Heilpraktikerin, macht uns die Askese schmackhaft. In enthusiastischen Worten spricht sie vom Hausputz des Körpers, vom Großreinemachen der Därme. In düsteren Bildern beschreibt sie unsere Organe als Abfallhalden des Wohlstands, mit Schadstoffen belastet. Selbstverständlich wollen wir uns davon befreien, uns Gutes tun und sorgsamer behandeln, das sind wir unserer Gesundheit schuldig. Ganz begierig sind wir am Schluß des Vortrags, die Auswirkungen dieses „Kosmetikums von innen" kennenzulernen.

Zum Abschluß notieren wir unsere Einkäufe. Oberstes Gebot: viel trinken und tägliche Darmentleerung mit Glaubersalz.

Mit guten Vorsätzen gehe ich nach Hause. Morgen soll mit einem Obsttag begonnen werden, um den Körper einzustimmen. Will sitzt vor dem Fernseher, als ich nach Hause komme. Er ist ganz vertieft in ein politisches Magazin. Ihm fällt nicht auf, daß ich in den Keller verschwinde und die Dosen mit Keksen kontrolliere. Den letzten Rest vom Weihnachtsgebäck gebe ich in eine Schüssel und verschwinde damit in meinem Zimmer.

Ich notiere in mein blaues Buch. Und während ich gelobe, morgen sehr ernsthaft mein Fastenprogramm zu absolvieren, zerbeiße ich die letzten Plätzchen, die noch nichts von ihrem Geschmack eingebüßt haben.

Am nächsten Tag renne ich in der Mittagspause zur Apotheke nach dem Glaubersalz, zum Bäcker nach Brötchen vom Vortag, zum Konsum, wo ich mich mit Äpfeln, Bananen und Trauben eindecke.

Es ist keine Menge vorgeschrieben.

Den Tag komme ich gut über die Runden. Die kernlosen Trauben schmecken süß, die Äpfel und Bananen füllen den Magen.

Der Morgentrunk mit Glaubersalz schmeckt ekelhaft. Vor dem Duschen eine kurze Ganzkörpermassage. Zum Tee die erste altbackene Semmel. Ganz kleine Stückchen abbeißen, einspeicheln, sorgfältig kauen. Will beißt in sein Marmeladenbrot. Selbstgekochte Himbeermarmelade, mit einem Schuß Sherry aromatisiert.

Wenn ich nur dies eine Mal durchhalte, ermutige ich mich.

Wenn ich es erst geschafft habe, dann aber ...

Wenn überhaupt ...

Wenn ...

„Ich mache eine Semmelkur", berichte ich Ella am Telefon. Ella kennt solche Kuren aus Erfahrung. Sie hat schon mehrmals gefastet unter aktiver Anleitung, in einer Atmosphäre von Gleichgesinnten. Selbst so war es schwer.

Sie weiß von den Phantasien, die mich beherrschen, einfache Dinge, die mir im Kopf rumgehen wie ein paar Pellkartoffeln mit Butter oder ein Leberwurstbrot.

Am Abend ziehen sich die Stunden wie am Gummiband. Meine Brötchen in feinste Scheibchen aufgeschnitten, animieren mich nicht. Warum tue ich mir das auch noch an, in Kochbüchern blättern, mich an den üppigen Bildern stimulieren, nur um dann frustriert die Seiten zuzuschlagen?

Da hilft nur abtauchen ins Unbewußte, früh ins Bett und ins Nachtgebet den Wunsch eingeflochten, durchzuhalten.

Mein Bauch foltert mich. Ein Glas Wasser in diese murrende Leere. Ich bin kein tapferer Mensch. Ich hole mir die Bilder von Personen ins Bewußtsein, die leiden, ich denke an all die Hungernden auf der Welt, an die aufgedunsenen Bäuche der afrikanischen Kinder, an die Not im Krieg. Tee trinken darf ich, das ist doch was.

Ich klaue mir eine Karotte aus dem Gemüsefach, nehme sie mit ins Bett und nage daran. So ist wenigstens mein Mund beschäftigt, und ich schlucke nicht nur leeren Speichel.

Der zweite Sonntag im Februar bringt endlich richtigen Winter. Schneeflocken umtanzen das Haus. Der ganze Himmel ist voller federleichter Sternchen.

„Aus weißgrauen Wolken, zerbrechlich und zart, lösen sich Wesen der Schneeflockenart." So steht es in meinem Wintergedicht. Ich kann mich gar nicht vom Fenster wegdrehen. In kurzer Zeit verwandelt sich das ganze Bild der Landschaft draußen. Die Dächer bekommen weiße Hauben, die Wiese nebenan einen Hermelin aufgelegt, die Gartenzäune sind in Pelz gemustert.

Schon sieht man das erste Kind mit dem Schlitten auftauchen. Eine schöne Spur zieht sich die Straße entlang. Ich habe Lust, einen Schneeball zu formen, und spaziere in meinen Garten. Die häßlichen Erdhügel wirken nun mit Schnee bedeckt fast dekorativ, die gepflanzten Bäumchen wie mit Puderzucker überstäubt. Ich stapfe einen Trampelpfad zum Holzplatz und beuge mir den Arm voller Buchenscheite.

Bevor es dunkel wird, machen wir einen Spaziergang durch unser Viertel. Das Dorf wirkt wie verzaubert, eine Postkartenidylle. Zum ersten Mal spüre ich ein zärtliches Gefühl für diesen Ort.

Der Schnee bleibt. Die Faschingssaison hat begonnen. In mir weckt das keinerlei Resonanz. In mir kreist nur ein Thema. Ich zweifle an meinem Verstand, an meiner Normalität. Die Gesichter der Menschen um mich herum spiegeln nicht ihre Leidenschaften. Sie alle scheinen den Reigen vom Schlafen, Essen, Lieben und Arbeiten ohne Fauxpas zu beherrschen.

Am dritten Treffen unserer Fastenkursriege sprechen wir von auftauchenden Schwierigkeiten, von unseren Erfahrungen.

„Das geht vorbei", sagt Renate, als ich ihr von meinen Heimsuchungen erzähle. „Denk an was Positives, du bist doch deinem Körper was schuldig. Entschlackt und entgiftet, entwickelst du ein neues Gefühl von Gesundheit, Leistungsfähigkeit und Wohlbefinden." Wie sie redet.

Keiner spricht von Hunger. Das Glaubersalz fällt manchen schwer einzunehmen. Über Kopfschmerzen wird geklagt. Die vorgeschriebene Trinkmenge einzuhalten fällt einigen schwer.

Zwei Männern fehlt das Bier am Abend.

Ich sage nicht, daß mir die trockenen Brötchen bis zum Hals stehen. Mir ist nach anderem. Noch sieben weitere Tage soll streng nach Plan gefastet werden, dann dürfen wir vorsichtig aufbauen. Mir fehlt die richtige Einstellung. Iris sieht den Nahrungsentzug ganz gelassen. Für sie ist das Ganze eine gut durchführbare Sache.

Ich spüre kein Wohlbefinden, keinen Aufschwung. Nichts von Geistesblitzen und dem Gefühl, wie neugeboren zu sein. Ich lese das Büchlein noch einmal durch, das uns die Kursleiterin empfohlen hat.

Ein Satz springt mir ins Gesicht. „Fasten Sie nicht, wenn Sie sich in einer längeren schwermütigen Verfassung befinden." Einmal denke ich flüchtig an das Gespräch mit der Frau von der Telefonseelsorge. Wenn sie von meinen neuen Einschränkungen wüßte? Meine Sehnsüchte sind so simpel. Eine Scheibe

Toast mit Butter, dazu ein weichgekochtes Ei, damit wäre ich schon zufrieden. Wenn ich nun aufgäbe?

Wieder eine Schlappe einstecken? Was würde Will dazu sagen? Ich setze den Verführungen meine ganze Willenskraft entgegen und nehme weiter den Kampf auf. Wer wird schon nach dem ersten Gefecht die Waffen strecken und aufgeben.

Ein ganz flaues Gefühl im Bauch, Schwindel im Kopf. Manchmal habe ich den Eindruck eines leichten Trancezustands. Unruhe in mir. Brav befolge ich den Wickel am Abend, liege mit geschlossenen Augen unheimlich verfroren auf der Couch.

Allein die Vorstellung, wie mein Jeansrock um die Hüften paßt, läßt mich weitermachen.

Nach sechs weiteren schrecklich dürren Tagen endlich die Erlaubnis zum langsamen Speisenaufbau. Für Will koche ich eine dicke Kartoffelsuppe, für mich die erlaubte Karottenbrühe.

Dankbar reagiert mein leerer Magen auf die ersten Löffel heißer Suppe. Noch einen Schöpfer tu' ich mir auf.

Am nächsten Morgen zelebriere ich mein Frühstück. Roggenbrot mit Butter und ein Ei dazu. Statt dem Löffel Quark gestatte ich mir schon ein kräftiges Stück Käse.

Mein Essen habe ich auf einer Platte vor mir drapiert. Ich breche ein Stück von der Brotkrume ab, lege mir das bißchen auf die Zunge, Speichel fließt über. Alle Maßregelungen sind vergessen. Am Abend tische ich gedünstetes Rindfleisch mit Meerrettich auf. Ich galoppiere viel zu schnell. Ich kann mich nicht mehr halten. Egal, über zwei Kilo sind runter, da wird das Rindfleisch nicht gleich ansetzen ...

Die Nächte sind kalt. Den von der Nachmittagssonne angetauten Schnee hat der Frost bald wieder im Griff. An unserem Garagendach haben sich lange Eiszapfen gebildet. Mein Atem wird zu kleinen Wölkchen in der Luft.

Heimkommen und sich an den Kamin lehnen, eine Kerze anzünden und den Lavendelgeruch der Duftlampe einatmen.

Keine Schritte auf meiner Treppe, kein Räuspern vom Siebenkindervater.

Allein sein, sich umarmen können, wann immer man Lust dazu hat. Walnüsse essen und an einem unordentlichen Tisch voller Schalen nicht Anstoß nehmen. Sich gehen lassen und den Tag im Schlafanzug verbringen. Aus dem Fenster sehen und dem Mann nachschauen, der seinen weißen Schnauzer an der Leine führt.

Jede Nacht gebärt einen lautlosen Morgen. Nur Licht und Schatten verändern sich. Manchmal hört man ein Motorrad knattern, eine Autotür zuschlagen, das ist alles. So könnte mein Leben sein.

Mein Zuhause strahlt Frieden aus. Und in mir? Ich habe es so satt. Habe ich allen Ernstes erwartet, die zwei abgenommenen Kilo zu halten? Der Reinfall war vorprogrammiert. Ich bin allein und sitze über mich Gericht. Auf ein Blatt Papier schreibe ich auf: zwei Rühreier, drei Butterbrote, zwei Becher Schokopudding, zehn Löffel Nougatcreme, Kaffee, das war mein Frühstück heute. Mein Bauch hat sich das geholt, was ich ihm tagelang verwehrt habe.

Ich bin schwach, habe kein Rückgrat, unfähig, nicht in der Lage, etwas durchzuhalten, ohne Willen, zügellos, gierig, leicht verführbar, inkonsequent, labil. Angst packt mich und Ekel. Ich weiß nicht, wohin das führt. Plötzlich breche ich in Tränen aus und schluchze meinen Kummer heraus.

Ich seziere mein Verhalten, führe Buch über meine Auswüchse. Allein das Aufschreiben, in welchem Teufelskreis ich mich befinde, schafft Abstand und läßt mich das Ganze aus mehr Distanz betrachten.

Das Schreiben wird mir nicht nur zum Hilfsmittel für eine neue Sichtweise, es ist mir als solches auch neuer Inhalt geworden. Im Schreiben leere ich mich aus und befreie mich zu einem kleinen Teil von der Last meiner Gedanken. In das entstandene Vakuum tritt mir ein Text entgegen, der etwas für sich hat. Abgesehen von den Inhalten, entsteht ein neues, kreatives Muster.

Auf meinem Schreibtisch häuft sich geschriebenes Material. Auszüge aus Notizbüchern, herausgerissene Zettel mit Stichworten. Eines Abends lese ich Will eine Geschichte vor. Seine Reaktion ist nicht sehr ermutigend. Hat er kein Gespür für die Feinheit der Formulierungen, oder sträubt er sich gegen Inhalte, die ihm zu gefühlsbetont sind?

Seit Tagen brennt meine Haut. Hektische Flecken auf den Wangen. Dauernd reibe und streiche ich über mein Gesicht. Ich fühle mich ziemlich im Streß. Da ist das Haus in Ordnung zu bringen, das Gästezimmer für die Eltern herzurichten, noch ein paar Topfpflanzen kaufen, einen Essens- und Einkaufsplan erstellen. Zum Friseur gehen. Will meckert, welch einen Aufstand ich veranstalte. „Es sind nur deine Eltern, die kommen, kein Staatsbesuch", beschwichtigt er. Ich weiß, ich weiß, ich bin der Kindchenrolle noch nicht entwachsen.

Dann sind sie da.
Ich koche Kaffee und gehe mit heißem Gesicht hin und her. Das stundenlange Warten, bis das Wohnmobil hierher gefunden hat, hat mir zu schaffen gemacht. Ein stürmischer Wind führt auf den Straßen zu Schneeverwehungen. „Chaos auf der Autobahn", sagt mein Vater und zieht an seiner dritten Zigarette.
Alles wird begutachtet, bestaunt, näher betrachtet und gelobt. Ich stehe wie ein Schulmädchen daneben. Die Hände in die Seitentaschen meiner Jeans gezwängt, warte ich darauf, daß uns gute Noten erteilt werden. Von meinem Vater kommt

eine Bemerkung, die ich sogleich negativ interpretiere. Fraulicher sei ich geworden. So umschreibt er das also. Ein wenig mehr Fülle an mir ist nicht zu leugnen. Ich höre weiter dem Gespräch zu, ohne viel aufzunehmen. Wie eine Marionette leere ich volle Aschenbecher, gieße Wein ein und biete meinen Nudelauflauf an. Alte Fotoalben werden vorgeholt, die Vergangenheit durchgehechelt.

Will tischt in kleinen Gläsern Obstler auf, dem mein Vater reichlich zuspricht. Kein Ende findet die Unterhaltung. Als ich mich nach Mitternacht endlich aufraffe, um ins Bett zu gehen, wird das mit Verwunderung aufgenommen.

Endlich eine Tür, zwischen mir und den anderen. Will soll sich weiter kümmern. Ich lege meine Maske ab und schau mir spöttisch ins Gesicht.

Todmüde, aber unfähig, in den Schlaf zu finden, rolle ich mich hin und her. Gesprächsfetzen dringen an mein Ohr, lullen mich ein, bis ich endlich ins Nichts falle.

Meine Gäste erwartet am Morgen ein hübsch gedeckter Frühstückstisch. Vaters Frau macht keine Anstalten, mir zur Hand zu gehen. Freundlich lächelnd sieht sie mir zu, wie ich meinen Hausfrauenpflichten nachkomme.

Laut Datum habe ich heute Geburtstag. Ein großes Paket wird mir von meinem Vater überreicht. Ich packe sechs Bleikristallgläser aus, halte sie gegen das Licht, bewundere das Prisma der Farben. Von Will steht ein wunderschöner Strauß mit gelben Narzissen und blauen Anemonen auf der Anrichte.

Am Nachmittag erwarten wir die kleine Frau und den Schwiegervater zum Kaffee. Ich nehme die Glückwünsche entgegen, versorge einen Bund Moosröschen in die Vase, flitze zwischen Kaffeetisch und Küche hin und her, arrangiere das Blätterteiggebäck auf den Tortendeckchen, schneide den selbstgebackenen Käsekuchen auf, schlage Sahne, wechsle den

Kaffeefilter, drapiere den Kerzenständer, fülle Zucker nach, falte die Servietten, verschwinde für fünf Minuten ins Bad, um die Stirn zu kühlen. Ohne Schminke kein Gesicht. Puder über die Röte, blaue Schatten aufs Augenlid, dann spiele ich weiter die Rolle der pflichtbewußten Tochter.

Will bleibt, was er ist. Kühl und souverän spricht er, wenn er Lust hat, fühlt sich zu nichts gedrängt und wenig genötigt. Er fordert meinen Vater einfach auf, mit hinauszugehen. Beide verschwinden zum Holzstapel hinter dem Haus, um Kaminholz reinzuholen.

Ich erzähle von Wills Kurantrag, der genehmigt ist, und daß er noch diesen Monat in ein Heilbad fährt. Ich bin bemüht, daß das Gespräch in Fluß bleibt.

Wie in einem schlechten Theaterstück fühle ich mich, wenn nur der Vorhang endlich fiele und mein Auftritt vorüber wäre.

Am nächsten Tag großes Abschiednehmen. Vaters Frau versichert uns, wie gut es ihr gefallen habe. Ich schlucke alles hinunter, was mir im Hals steckt, was nie geäußert wurde, womit man solch einen Besuch sehr verderben könnte.

Ich bin sehr nachsichtig mit meinen Lieben und konfrontiere meinen Vater nicht mit der einst verlassenen Tochter, auch nicht mit dem immensen Alkoholkonsum, der ihn immer eindringlicher verführt, stundenlang von seiner unbewältigten Vergangenheit zu sprechen. Fröhliches Winken, bis das Auto um die Ecke fährt. Versuchen auszuatmen, was beklemmt.

Will hat einen Termin und muß gleich weg. Ich räume auf, ziehe die Gästebetten ab, bekomme Lust auf Musik und trällere dazu aus Leibeskräften. Das baut Spannung ab, das tut gut, und der Atem wird leichter. Ich bin froh, vom Druck der Gastgeberpflichten entledigt zu sein. Jetzt ist es damit vorbei, die Nette zu spielen. Mich ärgert meine angepaßte Rolle. Was bin ich für eine harmoniesüchtige Kuh! Ja kein lautes Wort riskieren, ja nicht aggressiv werden.

Die Kopfkissen klatschen auf den Boden. Ich werfe mich auf die Matratze und schlage auf sie ein. Ich bin laut. Ich brülle gegen die Sänger an und lausche, was mir geschieht.

Die Luft summt vor Energie. Ich erlaube mir alle Worte der Welt, und meine Handflächen brennen. Die Kissen bekommen ihren Teil. Ich renne nach oben, um die Bleikristallgläser zu holen. Vielleicht machen sie sich gut an der Wand.

Den Knall will ich hören. Und noch einmal.

Ich sollte meine eigenen Gefühle mehr achten und mich weniger nach anderen orientieren, sonst erfahre ich nie, wer ich eigentlich bin.

Alle viere von sich strecken und dem aufgebrachten Herzen trauen, das klopft und klopft, als wolle es Beifall klatschen. Gut so, gut so! Das Telefon schrillt, und ich gehe nicht ran. Ich bin nicht zu sprechen.

Ich bin gerade beschäftigt mit mir.

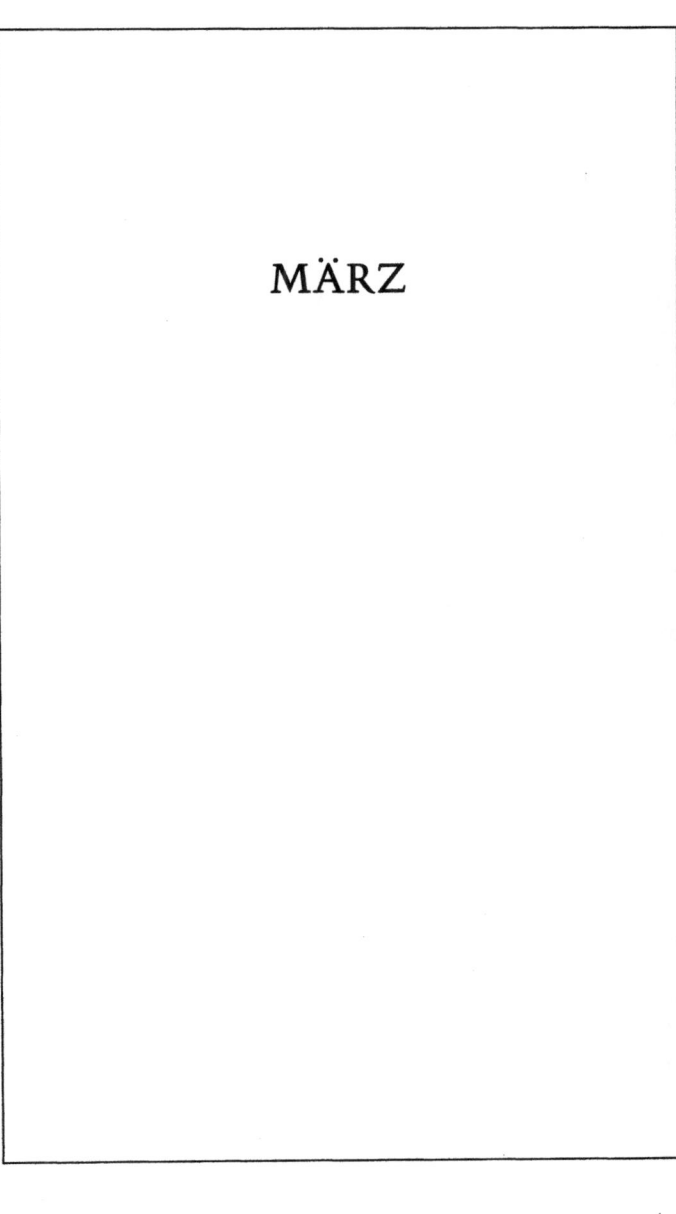

MÄRZ

MAN HAT MICH in eine andere Abteilung versetzt. Auch das noch. Jede von uns Frauen muß jährlich eine gewisse Zeit im Zähldienst absolvieren. Jetzt bin ich an der Reihe. Das heißt, den lieben langen Tag Scheine zählen, glätten, aussortieren, bündeln, banderolieren, schnüren. Das nervt.

Es macht einsam, im Kabäuschen hinter Glas zu sitzen. Bea und Puppe winken mir zu, während ich meine Finger in den Schwamm tauche. Der Zeiger der großen Uhr bewegt sich nicht von der Stelle, die Mittagspause ist noch so fern.

In meiner Schublade liegt eine Schachtel mit Nußkonfekt. Immer wieder erlaube ich mir den Griff hinein, so lange, bis alles ausgewickelt ist.

Gleich darauf kommt die Panik, der immense Druck, die Verzweiflung über mich löst sich in einem Strom von Tränen.

Ich verlasse meinen Arbeitsplatz, setze mich in Puppes Abteilung auf die Heizkörperverkleidung und schlage die Hände vors Gesicht. Ein Arm auf meiner Schulter und Stimmen an meinem Ohr. Keiner versteht, was mit mir los ist.

Ich nutze die nächste Gelegenheit, in der ich allein bin, um wieder bei der Telefonseelsorge anzurufen. Doch die verständnisvolle Frau hat heute keinen Dienst. Die Stimme des jungen Mannes irritiert mich. Ich schäme mich und habe nicht den Mut, mich ihm anzuvertrauen.

Zum erstenmal in meiner Ehe ist mir Nähe eine Last. Ich weiche Wills Mund aus, der mich küssen will. Erschreckend nüchtern finde ich mich in seiner Umarmung. Pflicht, statt Spaß und Freude. Ich fühle mich nicht berechtigt, meiner Ablehnung größeren Ausdruck zu verleihen. Ich schone Will vor meinen wahren Gefühlen, die mir angst machen.

Wo driften wir hin, wenn sich diese Ansätze von Unlust manifestieren, wenn unser Zusammensein ein einseitiges Erleben wird und lauter Fragezeichen in mir geistern?

Abgrenzung statt Hingabe. Ein klares Nein fürchtet sich, über meine Lippen zu kommen. Ein Nein stört die Harmonie, kündet am Ende Schlimmes an, es hat die Eigenschaft, Gefühle der Fremdheit, der Isolierung, der Unterschiede zu beschwören.

Habe ich so viel Angst, dem standzuhalten? Ich muß mir über viele Dinge klarwerden.

Wills Kur kommt mir gelegen. Ich rede ihm zu, die Zeit gut für sich zu nutzen, um abzuschalten, aufzutanken und Abstand vom Geschäft zu bekommen.

An einem Donnerstag begleite ich ihn zum Zug.

Will mag keine langen Abschiedsszenen und keine Rührung. Wills Tränen ruhen in dicken Tresoren verschlossen. Die Zahlenkombination scheint er längst vergessen zu haben. Ich gehe neben ihm her mit den Gedanken schon längst voraus. Ein flüchtiger Kuß streift mich. „Mach es gut", sagt er und nickt mir zu. Der Bahnhof ist für mich ein faszinierender Schauplatz. Der zufällige Haufen von Menschen weckt Phantasien. Spontan entschließe ich mich, noch ein wenig zu bleiben, um im warmen Bahnhofsrestaurant zu sitzen und das Treiben auf den Bahnsteigen zu beobachten.

Wills Zug schlängelt sich aus der Halle. Ich löse die Zuckerstückchen in meinem Kaffee und rühre die Sahne darunter. Sechs Wochen Alleinsein liegen vor mir. Keine Anpassung, keine aufreibenden Dialoge. Zweiundvierzig Tage der Möglichkeiten. Mit einem straffen Programm könnte ich, bis Will zurückkommt, einiges abspecken.

Zwei Kilo wären das mindeste.

Die Frauenzeitschriften huldigen dem perfekten Körper. Der neue Frühjahrslook wird vorgestellt, die einzig richtigen Farben für Stoff und Teint sind pudrige Pastelltöne. Dem gilt es nachzueifern. Paßt man noch nicht ganz ins Bild der durchtrainierten, modebewußten, magersüchtigen Schönen, gibt eine neue Diät auf den nächsten Seiten Anleitung, wie man ganz auf die Schnelle seine Konturen korrigiert.

Um gesund und schlank zu bleiben, schließt sich gleich ein Gymnastikprogramm an.

Im passenden Outfit, mit Stirnband und Legwarmers suggeriert die auffallend hübsche junge Frau, daß ich mich nur diesem Ritual unterziehen muß, um mich vom häßlichen Entlein zum schönen Schwan zu verwandeln.

Für das Wochenende wird ein Spezialprogramm für Haut und Haare vorgeschlagen. Kampf den Streifen am Bauch, den Falten im Gesicht und den Pfunden, die um Po und Schenkel wabbeln.

Ich unterziehe mich einer strengen Bilanz. Mein Körper ist eine Summe von Mängeln. Da und dort gibt es etwas auszusetzen, zu verbessern. So nehme ich mich nicht an. Das steht mir im Gesicht geschrieben, das drückt sich in meiner Haltung aus. Ich liebe mich nicht. Vielleicht hilft doch die Massage oder das straffende Gel und die Algenbäder. Eine Behandlung mit Tiefenwärme, die Hypnosetherapie.

Mir ist nicht zum Lachen zumute. Die Waage ist unbestechlich. Fünf Kilo trennen mich von einer magischen Zahl. Die Zahl steht für meinen Wert, der Wert ist mein Gewicht.

Töricht, wie ich bin, unterwerfe ich mich wieder einmal dem eigenen Diktat.

Ich bin zwei. Gespalten. Die eine beobachtet das krampfhafte Bemühen, jemand zu werden. Warum habe ich nicht den Mut, ihr die Stirn zu bieten und zu sagen: „Schluß mit dem ganzen Theater!" Bea heult wegen einer kaputten Beziehung. Iris ist unglücklich, weil es nichts wird mit dem Auslandsaufenthalt. Puppe hat Geldprobleme.

Ich leide an mir selbst.

Das Haus gehört mir, jedes Zimmer ist mein.

Die Stille erdrückt mich nicht. Übers Radio lade ich mir Stimmen ein. Will telefoniert mir, er sei gut angekommen und gut untergebracht.

Statt zu Abend zu essen, mache ich einen Spaziergang. In meinen Turnschuhen gehe ich dem Abendrot entgegen.

Die Märzsonne lockt die Krokusse in die Vorgärten. Schneeglöckchen blühen auf totem Laub. Eine Unruhe teilt sich den Menschen mit, ein Drängen, dem man noch keinen Namen geben kann, bis man das Wort im Kalender entdeckt, Frühling.

An den Einfamilienhäusern hängen die Teppiche zum Lüften über dem Balkongeländer, und die Kissen sitzen im Fensterrahmen. Ordnung und Sauberkeit beherrschen das Dorf. Die Gehsteige sind gefegt, man schaut, daß sich das Unkraut nicht breitmacht. Auf den Simsen warten die Kakteen auf übermorgen.

Wie soll mein Leben hier werden? Wie sieht es in ein paar Jahren aus? Werde ich dann mit dem Kinderwagen die Straßen abklappern, wird man mich dann kennen und mir etwas zu sagen haben?

Selbstmitleid überfällt mich. Zweifel, Sorge und Hunger.

Ich gehe nach Hause und auf der Stelle ins Bett. Nichts hören, nichts sehen, nichts fühlen.

Bei jedem Einschlafen verfolgen mich die Bilder, bei jedem Aufwachen sind sie wieder da. Ich träume vom Essen, von Kuchen, Schokolade und fettem Braten. Diese Götzen, diese Verführer, was liefert mich dem so aus? Über kurz oder lang werde ich verrückt, überschnappen, unendlich aus dem Leim gehen oder ...

Am zweiten Abend meines Alleinseins beschäftige ich mich am Schreibtisch. Ich ordne meine Zettelwirtschaft, sortiere aus und werfe weg. So viele Worte und Gedanken.

Vom Mädchen Lilofee, von Herrn Pommerenke, von der Eule Schu Schu. Wen interessiert das schon? Bevor ich ein paar Geschichten in den Papierkorb befördere, stecke ich sie doch in einen Umschlag und adressiere sie an eine Kinderzeitschrift. Es ist eh egal.

Die Stimmen der anderen sind mächtig.

Man muß etwas tun. Der Erfolg krönt die Anstrengung. Und das ist recht. Nichts fällt einem in den Schoß, und jeder muß sich für etwas anderes plagen.

Immer will dieses dumme Kind in mir widersprechen. Es fordert sein Vergnügen, seine Lust, sein einfaches In-den-Tag-hinein-Leben. Wo käme ich da hin?

Meinen Impuls zur Trägheit am Abend verstehe ich schon im Ansatz abzuwürgen. Ich nehme mein Körpertraining wieder auf. Nach jedem Arbeitstag folgt mein Einsatz auf dem Sportplatz. Die Socken dampfen in den Turnschuhen. Den Blick starr auf den roten Sand gerichtet, opfere ich meinen Schweiß dem Steak mit Salatgarnitur. Mit dem Atem komme ich schlecht zurecht. Die Seite sticht, die Beine zittern. Am Ende meiner Runden sinke ich auf den Boden, bis sich mein Pulsschlag beruhigt.

Auf dem kurzen Weg nach Hause trage ich jeden Tag die Siegerkrone und triumphiere über mein bequemes Selbst.

Die Euphorie überdauert den Montag, sie überlebt den Dienstag und den Mittwoch.

Am Donnerstag verführt mich die Morgensonne, das Auto nicht wie gewohnt bei der Bank zu parken. Ich stelle es am Stadtrand ab, um die frische Morgenluft zu genießen.

Aus dem Bäckerladen streichen mir die Düfte ums Gesicht. Sie schmeicheln und mobilisieren meine Magennerven. Speichel sammelt sich in meinem Mund. Ich bleibe stehen und starre durch die Schaufensterscheibe. Croissants und Hörnchen auf weißen Papierdeckchen, frische Berliner mit Puderzucker bestäubt. Glasierte Schneckennudeln, aus denen dicke Rosinen quellen.

Je mehr Säfte sich auf meiner Zunge sammeln, um so leerer wird mein Kopf. Alles Denken ist ausgeschaltet, während ich die Blätterteigtasche an der Theke entgegennehme. Ich kaue, ich schlucke, ich fühle nichts.

Im nächsten Laden kaufe ich mir ein Flammendes Herz und eine Mandelbrezel. Die Schokoladenglasur schmeckt bitter. Ich lecke die Nougatfüllung von meinen Lippen. Mein Bauch ist so hohl, nichts kann ihn füllen. Ich laufe einen Umweg, um noch an zwei weiteren Bäckerläden vorbeizukommen. Im ersten lasse ich mir eine Dampfnudel einpacken, im nächsten Geschäft suche ich mir zwei Apfelkrapfen aus.

Meinen Arbeitsplatz betrete ich wie in Trance. Im Aufenthaltsraum schließe ich meine Jacke in meinen Schrank und stehe mir vor dem Spiegel gegenüber. Ein Monster sieht mich an, das schon in der Frühe sechs süße Stückchen verschlingt. So verhält sich kein normaler Mensch.

Während ich vor meinen Geldscheinbündeln sitze, wüten die Turbulenzen in meinem Kopf. Ich warte darauf, daß mir schlecht wird. Doch mein Magen scheint das mehr als üppige Angebot am Morgen gut zu verkraften.

In der Frühstückspause packe ich mein Knäckebrot aus. Einsilbig gebe ich Bea und Puppe Antworten. Ich sehe den anderen ins Gesicht. Niemand erkennt, daß sie mit einer Verrückten am Tisch sitzen. Irgendwie bringe ich den Tag hinter mich. Irgendwie schaffe ich es, durch den Nachmittagsverkehr nach Hause zu fahren.

In den geschützten Räumen unseres Hauses lasse ich meiner Ohnmacht freien Lauf. Ich stürze aufs Bett und schluchze in die Laken. Woher die ganze Tränenflüssigkeit? Das Weinen schüttelt mich durch. Es erschöpft mich und macht mich leer.

Bea hat mir einmal zum Geburtstag ein Bändchen geschenkt mit wunderschönen Sprüchen. In einem heißt es:

„Ich habe mein Zentrum verloren.

Ich weiß nicht, was ich will.

Ich finde nur Anzeichen von mir."

Wie ich aussehe: verheult und blaß.

Im Schutz der anbrechenden Dunkelheit laufe ich durch den Ort. Die Glocken läuten zur Abendandacht. Auf einmal finde ich mich in einer Kirchenbank.

Die Gemeinde betet, und ich höre nicht hin. Nur einmal dringt ein Satz in mein Bewußtsein und schreckt mich aus meiner Lethargie. „Gib mir ein kühnes Herz, o Herr. Gib mir die Kühnheit, Herr, dich ganz zu wagen, die Dinge abzutun, die an mir hangen."

Das spricht mir aus der Seele. Ich klammere meine Hände ineinander, als bedürfe es nur des intensiven Drucks, um erhört zu werden.

Ich laufe, so schnell ich kann, nach Hause.

Ich bete, die unbekannte Frau, meine einzige Vertraute, möge heute Telefondienst haben. Ich stürze ins Haus und wähle die Nummer. Und sie meldet sich tatsächlich.

Mit einem tiefen Aufatmen setze ich mich auf den Teppichboden, bereit zu einem langen Gespräch.

Sie spricht zu mir. Einfühlsame, verständnisvolle Worte. Sie hallen nach in meinem Kopf.

Ihr Angebot, über ihre Sätze nachzudenken, will ich gerne annehmen. Warum ich meinen Körper nicht akzeptiere? (Mit meiner Fresserei?) Weshalb ich mich nicht mag? (Mit diesem unmöglichen Verhalten?) Warum ich mir dauernd etwas verbiete? (Wo soll das sonst enden?) Warum ich mich nicht mehr traue und Mut zeige? (Trau' ich mich heimlich nicht viel zuviel?)

Ob ich mir nicht verzeihen will? (Heißt das alle Vorwürfe begraben?)

Keine Schuldzuweisung, keine Verbote.

Lange Zeit sitze ich still auf dem Boden. Um mich herum ist Nacht. Ich tauche bis auf den Grund meiner Gefühle. Viel emotionaler Schlamm wirbelt da auf.

Keine Schuldzuweisung, keine Verbote.

Kann es sein, daß ich permanent in die falsche Richtung laufe? Sind alle meine Diäten und Einschränkungen nichts als Irrwege? Ich sehe ein, daß mir keine andere Wahl bleibt, als etwas ganz anderes auszuprobieren.

Ich versuche damit zu beginnen, mir mein unmögliches Verhalten und alle Fehlgriffe zu verzeihen.

Meinem Morgengesicht begegne ich freundlich. Auf den Badezimmerspiegel habe ich mit Lippenstift geschrieben: „Ich bin in Ordnung." Das bleibt stehen – zunächst. Ich atme leichter aus und ein, befreit vom Druck, neue Vorsätze fassen zu müssen.

Ich erwache aus einem Traum. Bis ins Bewußtsein nehme ich ein angenehmes Gefühl aus dem Tiefschlaf mit herauf. Eine wohlige Empfindung, die meinen ganzen Körper durchströmt. Doch kann ich dieses Spüren nicht festhalten. Allzuschnell verflüchtigen sich die Bilder.

Vage erinnere ich mich an eine Treppe im Traum, die seltsamerweise keine Stufen hatte und nicht begehbar war. Eine fremde Person zeigte mir, daß ich die Stufen selbst erst herausklappen müsse, so wäre die Treppe zu benutzen. Ich staune, wie die Sache funktioniert, und steige ein paar Stufen abwärts. An mehr kann ich mich nicht erinnern.

Ich halte viel von meinen Träumen. Ich betrachte sie als geheimnisvolle Spur in die Tiefen meiner Seele. Bin ich fähig genug, die geheimnisvolle Botschaft aus meinem Unbewußten zu deuten? Ich verstehe nur so viel, daß ich handeln soll, zu meinem eigenen Wohl. Die Treppe begehbar zu machen. Heißt das nicht: meinen eigenen persönlichen Weg finden?

Immer wieder spulen sich die Aufforderungen meiner unbekannten Helferin in mir ab. Die Sätze lösen Gedankenketten in mir aus. Es ist schwer, sich selbst auf die Spur zu kommen. So viel von anderen Erwünschtes überlagert meine Empfindungen. Vernünftig sein, sich anpassen, allerlei Verbote aus der Kinderzeit nisten noch in meinem Kopf.

Heute bin ich es, die sich maßregelt, die Forderungen stellt, und wieder und wieder tappe ich in die Diätfalle, als machten mich fünf Kilo weniger zu einem anderen, liebenswerteren Menschen. Ich muß den ersten Schritt zu einem neuen Selbstwertgefühl machen. Ich muß dem unzufriedenen Kind in mir mehr Aufmerksamkeit schenken, anstatt ihm schnell den Mund zu stopfen. Ein voller Mund kann nicht sprechen, nicht aufbegehren, er ist zu sehr mit Essen beschäftigt. Dieser Satz, den ich in mein blaues Buch schreibe, scheint mir wichtig, er begleitet mich durch den Tag.

Keine Lust auf den Job.

Wenn ich könnte, würde ich gern zu Hause bleiben und ein paar Wochen auf den Kopf hauen.

Will hat es gut. Er wird versorgt, therapiert, massiert, verköstigt und mit reichem Angebot unterhalten.

Ich muß arbeiten.

Muß ich?

Mir stehen nur ein paar Wochen Urlaub zu. Ferien, in denen Will und ich zusammen etwas unternehmen werden. Ganz tief in meinem Innern ist ein ungestillter Wunsch nach freier Zeit, nach Tun- und Lassenkönnen, was mir behagt, keinerlei Anpassung an nichts und niemand.

Ich könnte mir unbezahlten Urlaub nehmen, einfach so, und die Zeit ohne Will allein im neuen Haus verbringen.

Sogleich habe ich die passenden Gegenargumente parat. Ich muß das mit meinem Mann absprechen. Außerdem fehlen gerade jetzt zwei Kollegen.

Außerdem kann ich nicht einfach …

Zehn nach acht klopfe ich beim Personalchef an. Zwanzig nach acht habe ich ihm etwas von Depressionen und Erschöpfungszuständen nach unserer Bauphase erzählt. Dreißig nach acht bringt er mich an die Tür und wünscht mir erholsame Wochen.

Ich kann!

Um neun stehe ich im Supermarkt und mache Einkäufe. Alles, auf was ich Lust habe, was mir Appetit macht, lege ich in meinen Wagen. Mit all den Schätzen fahre ich heim, und in mir singt ein verrücktes Lied, und es hat den Refrain: Mein kühnes Herz, mein kühnes Herz.

Gleich am nächsten Tag berichte ich mein Handeln meiner Telefonvertrauten. Sie ermutigt mich weiter, auf mich zu hören. Den ganzen Tag nehme ich mir die Freiheit des Nichtstuns. Ich schmecke die Zeit, schreibe in mein Tagebuch, und die Worte nehmen kein Ende.

Ich hole mir eine ganze Kanne Kaffee und drei Honigbrote ins Bett. Dann warte ich, daß sie mich aufsuchen, die vertrauten Stimmen mit ihrem: „Wehe, wehe", mit ihren Bildern, die sie vor mir aufstellen, auf denen ich abgebildet bin. Und ich lasse sie reden und schlage nicht die Hände vors Gesicht. Aber ein Zittern ist da, als wäre ich viel zu lange gerannt.

Noch nie gab es im März solch hohe Temperaturen. Die Traubenhyazinthen mischen ihr kräftiges Blau zwischen die Osterglocken. Die ersten Tulpen schwellen in Rot und Gelb und im Rasen sonnen sich die Gänseblümchen.

Man atmet tiefer ein, wenn man das Bettzeug am Morgen herauslegt, die Menschen verweilen länger zu einem Schwätzchen über den Gartenzaun hinweg.

Um unser Haus herum sieht es noch trostlos aus. Auf den Erdhügeln sproßt der Löwenzahn. Eine neue Lust, tätig zu werden, packt mich. In der Garage finde ich die nötigen Gerätschaften. Eine Hacke, eine große Schaufel. Ich trage den kleinen Berg voll Erde ab, verteile sie im Gelände. Die fetten Erdballen riechen kräftig, meine Hände wühlen im Dreck.

Bis Mittag habe ich einiges geleistet. Zufrieden schaue ich auf mein Werk. Es soll genug sein für heute. Am Nachmittag habe ich anderes vor.

Ich richte mein Essen. Spinat mit Spiegelei und Kartoffeln soll es heute sein. Noch bin ich nicht ganz unbefangen bei der Sache, aber ein paar Einsichten scheinen sich in mir zu formen.

Was ich mir verbiete, kann ich nicht genießen, erst recht nicht, wenn ich es trotz Verbot dann doch esse.

Kein Genuß: das schafft Verlangen nach mehr.

Heißt das: ohne Verbote, ohne Schuldgefühle genießen, dadurch eher satt werden?

So einfach kann es doch nicht sein.

Ein Ausflug in eine andere Stadt.

Sie liegt näher zum Einkaufen als die Vielgeliebte, und ich habe den nötigen Schwung, sie heute zu entdecken.

Ein paar Ladenstraßen zentriert, eine Fußgängerzone zum Bummeln, ein Stadtpark in der Nähe.

Kein Gedränge der Fremden, keine Touristen mit Fotoapparaten, nett sanierte Häuser, das alles gefällt mir gut. Dazu ein kleiner Markt. Nicht so groß, wie ich ihn gewohnt bin, aber immerhin. Ich gehe auf und ab, bleibe an den Blumenkübeln stehen und kaufe mir einen großen Strauß gelber Tulpen.

Lange Zeit verbringe ich in einem Bastelladen. Die vielen Farben und Möglichkeiten, sich auszudrücken, reizen mich alle. Ich wiege Ton in meiner Hand und blättere in Mappen und Büchern. Schließlich entscheide ich mich für einen Klumpen erdigen Materials, dem ich zu Hause eine Form geben will.

An einem meiner stillen Nachmittage, während ich den zweiten Erdhügel bearbeite, während ich schaufle und schwitze, entdecke ich die Ruhe in mir. Keine Grübeleien, keine gehetzten Gedanken. Zum erstenmal seit langer Zeit habe ich nicht sinniert, nichts überlegt, nichts hin und her erwogen. Ich habe nur getan. Am Abend, als im Nachbarhaus die Lichter angehen, fasse ich mir ein Herz und gehe hinüber. Die Frau ungefähr in meinem Alter ist allein.

Ihr Mann sei im Chor, sagt sie mir.

Ich erzähle von Will, daß er im Schwarzwald in Kur ist, daß ich Urlaub habe, um mich auszuruhen.

Wir sitzen auf der Eckbank zusammen, ich und die Frau, die hier geboren und zu Hause ist und eine große Verwandtschaft um sich hat. Sie zeigt mir ihr Haus, und ich folge ihr durch die Räume und lasse mir dies und das erklären.

Eine ganze Woche lang bin ich gut zu mir, verwöhne Zunge und Gaumen mit Dingen, auf die ich Lust habe. Wohlgefühl im Bauch und Zufriedenheit im Gesicht.

Nur die Waage im Badezimmer macht mir ein ungutes Gefühl. Sie bedrängt mich, mir Rechenschaft zu geben und mich zu stellen. Noch einen weiteren Tag lang gelingt mir meine Ignoranz. Einmal muß ich aber doch Farbe bekennen. Zögernd unterziehe ich mich der Wiegetortur. Da hilft kein Von-einem-Fuß-auf-den-anderen-Treten, die Luft anhalten. Der Zeiger läßt sich nicht manipulieren. Der Schreck sitzt.

Was habe ich erwartet? Etwa weniger zu werden bei meinem Schlaraffenlandleben?

Den ganzen Abend lang wäge ich die Alternativen. Wie ist es nur möglich, daß mich ein paar Kilo so aus dem Gleichgewicht bringen? Dabei handelt es sich um gar kein Übergewicht, sondern nur um Pfunde, die mich von meinem Idealgewicht trennen.

Das Ideal, das auf dem Papier steht, in den Tabellen. Ist es das, was ich für mich als richtig empfinde? Ich lasse mir vorschreiben, wie ich sein soll. Warum? Den ganzen Tag lang gehe ich mit mir ins Verhör. Der Kartoffelsalat will mir nicht schmecken, zögernd greife ich nach der zweiten Frikadelle. Den Nachtisch lasse ich vorläufig im Schrank.

Soll der ganze unglückliche Kreislauf wieder von vorn beginnen? Ella fällt mir ein. Ella, die zu ihren Pfunden steht, die sich in keine Schablone pressen läßt, die im Schwimmbad mit ihrem Bauch kokettiert, die überzeugt verkündet: „Ich werde geliebt, wie ich bin, trotzdem und sowieso." An meine Freundin sollte ich denken, die das demonstriert, was mir abgeht, die sich nicht einschüchtern läßt von den Topfrauen aus den Journalen. Ella wird mir die nötige Stütze geben.

Ich wähle ihre Nummer, entschuldige mich wegen der langen Funkstille und erzähle von meinen mißglückten Versuchen, in die Reihe zu kommen und von meinem löblichen Entschluß, mir so frech Ferien zu verordnen.

Und Ella hört zu und pflichtet mir bei. Gemeinsam erörtern wir meine Unzulänglichkeiten, die mir so zu schaffen machen, bis Ella meinen Redeschwall unterbricht und sagt: „Ich muß dir von einer neuen Diät erzählen ..."

Ellas Worte gehen an mir vorbei. Meine Freundin schwätzt von Joule und Kalorien, von fertig rationierten Eßpaketen, die einem ausgewogen und abgezählt die richtige Tagesportion bieten. Ella will mitmachen und es einmal so versuchen, „etwas abzuspecken", wie sie es nennt.

Meine Freundin, von der ich dachte, sie stehe über den Dingen. „Willst du es nicht auch mal mit diesem Programm probieren?" fragt sie mich am Schluß. „Ich werde es mir überlegen", sage ich und lege den Hörer behutsam auf die Gabel.

Tohuwabohu in meinem Kopf. Nadelstiche malträtieren mich. Ella hat einen Wirbel ausgelöst. Jetzt scheint mir wieder alles vernebelt. Planlos habe ich die Woche verbracht, mich meinen Gelüsten und Gefühlen hingegeben. Und Ella spricht von einem neuen Eßprogramm.

Wieder drohe ich in ein Loch zu stürzen.

Eine Unruhe bemächtigt sich meiner.

Ich gehe in meinen Räumen umher.

Eine Weile betäube ich mich mit lauter Musik. Die Stille danach wirkt fast bedrückend. Ich winde mich in meinen Überlegungen. Pro und Contra erschlagen sich. In einem dieser Augenblicke stelle ich mich meinen Ängsten und denke das Gefürchtete zu Ende, bis in alle Konsequenzen. Was würde denn Schlimmes passieren, wenn ich tatsächlich ein paar Kilo schwerer wäre, wenn es mir nicht gelänge, mein hochgestelltes Ideal zu erreichen. Würde Will mich dann weniger lieben? Würde ich meinen Job verlieren? Würden mich meine Freunde weniger achten?

Nichts von alldem würde geschehen. Nur ich müßte mein Bild zurechtrücken, mich von meinen Ansprüchen lösen, um frei zu werden für eine neue Art der Wahrnehmung. Ich wische mir die Augen. Der Maßstab bin ich. Ich kann mich gut oder schlecht finden. Ich kann mir die Freiheit nehmen, Ansichten zu verändern.

Spät am Abend stehe ich auf der Veranda. Ein lauer samtiger Nachtwind streichelt mein Gesicht. Das Schwarz des Himmels, eine Stickerei mit Tausenden von Sternen. Ich schaue hinein in die Unendlichkeit des Raumes. Angesichts dieser Größe werden meine Sorgen ganz klein.

Meine Bücher stehen mir zur Seite. Um Ratschläge sind sie nicht verlegen. Da und dort finde ich einen Absatz, der mich anspricht. Ich lese von Frauen, die mit sich unzufrieden sind, die sich immer und immer in Frage stellen, und die anderen sagen: „Was hat sie bloß?" Die Schönheitschirurgen machen ihr Geschäft. Weil Frauen sich nicht attraktiv genug fühlen, liefern sie sich freiwillig ans Messer und lassen sich verletzen.

Emanzipation: bedeutet das nicht Befreiung aus Bevormundung, bedeutet es nicht auch, sich gegen herrschende Bewertungsmuster zu wehren und Toleranz und Akzeptanz bei sich selbst einzuüben?

Ich suche den Batzen Ton. Ich wiege ihn in meiner Hand unschlüssig, was ich damit beginnen soll. Das Material fühlt sich angenehm an. Mit zunehmender Freude drücke und knete ich den Ton, streiche glatt und forme um, um dann alles wieder zu einem Ball zusammenzurollen. Beim zweiten Versuch lasse ich mich ganz von meiner Intuition leiten. Ich wehre mich nicht dagegen, einen Körper formen zu wollen. Ganz allmählich entwickelt sich etwas wie eine Gestalt. Sie hat Ähnlichkeit mit der Ruhenden auf unserem Schlafzimmergemälde. Liebevoll gebe ich ihr Bauch und Brüste, modelliere Arme und Schenkel. Am schwersten fällt es mir, einen Kopf zu formen. Ich lasse sie ohne Gesicht, die Unbekannte.

Ich bin nicht unzufrieden mit meinem Erstlingswerk. Ich drehe und wende, was ich da geschaffen habe. Dann stelle ich die Figur auf den Kamin, um sie von weitem zu betrachten. Ganz langsam dämmert mir, daß die aus Ton Geformte etwas mit mir zu tun haben könnte.

Aus dem Bücherregal hole ich mir verschiedene Kunstbände. Ich vergleiche die Nackten von Modigliani, Boucher, Rubens und Tizian. In natürlicher Anmut, mit Fruchtbarkeit ausstrahlenden Körpern bieten sie sich dem Betrachter. Nach heutigen Schönheitsidealen sind sie zu üppig. Für mich drükken sie Lebensfreude aus, Genuß und Wohlbehagen mit einer gehörigen Portion Sinnlichkeit.

Die Tonfrau muß einen Namen bekommen. Ich nenne sie schlicht „Die Schöne".

Der Briefkastendeckel klappert. Ich eile die Treppen hinunter und finde zwei Briefe vor. Einer ist von Will. Ich kuschle mich auf die Ledercouch und lese.

Eine lange Antwort auf ein ausführliches Schreiben von mir.

Von meinen Ansprüchen an mich hatte ich ihm geschrieben, von meinen Wünschen und Erwartungen, von all dem, was mich in unserem Zusammenleben seit langem beschäftigt.

Will ist mir in seinen Worten näher als sonst. Er schreibt von einer neu empfundenen Sehnsucht, von Versäumnissen, die wir nachzuholen hätten.

Am Wochenende soll ich zu ihm fahren.

APRIL

ICH NEHME den Duft wahr, der an den lauen Abenden über den Gärten liegt. Die Tage werden länger. Die Sonne läßt sich Zeit, hinter den Hügeln zu verschwinden, warum also sollte ich traurig sein?

Ich entdecke eine neue Bereitschaft, mich durch die kleinen Dinge des Lebens beschenken zu lassen. Jetzt bin ich auf dem Weg zu Will, und mein Herz singt. Wills Erholungsort gleicht einer Postkartenidylle und lädt zu längerem Verweilen ein. Ein schmaler Fluß schlängelt sich an Fachwerkhäusern vorbei. Eine Eisenbahn schnauft gemütlich am Hang entlang. Am Himmel bauschen sich die Wolken zu einem duftigen Aquarell.

Will und ich treffen einander in der Halle vom Kurhaus. Ich gehe auf hohen Absätzen auf ihn zu. Mein Pferdeschwanz wippt, und meine Wangen glühen. Mein Mann ist fremd und anziehend. Nach ein paar verlegenen Küssen sitzen wir im Speisesaal zusammen am Tisch. Es ist für mich mitgedeckt. Ich habe viel zu berichten, und Will erzählt von den Solebädern und Massagen, das alles bekomme ihm sehr gut. Er sei umgänglicher geworden, und die Krankheitsbilder der anderen Kurgäste stimmten ihn mehr als versöhnlich.

Im schön angelegten Park spazieren wir die Kieswege entlang. Die Sonne zeichnet zwei engumschlungene Schatten.

Wir beide sehen einander auf neue Weise, als habe die räumliche Entfernung zwischen uns eine neue Nähe geschaffen, die das Heute vom Gestern löst und das Morgen in einem ganz anderen Licht erscheinen läßt.

Will und ich sind allein auf seinem Zimmer. Keine Nadelstiche im Kopf, keine Stimmen im Ohr, und die Freude und Zärtlichkeit haben kein Maß. Wills Haut ist warm, sein Geruch ist mir so vertraut. Die Lust hat ein neues Gesicht. Das Verlangen ist legitim, und noch längst nicht sind alle Erfahrungen gemacht.

In der Nacht stehen wir miteinander am Fenster. Ein unverschämter Mond hängt am Himmel, viel zu groß und viel zu gelb. Es gibt keine Zeit, und der Augenblick gerinnt zu bloßem Spüren.

Unser Frühstücksthema ist, daß ich noch bleiben soll. Jetzt, wo ich doch so viel freie Zeit habe. Gemeinsam könnten wir sie verbringen, zusammen schwimmen gehen, die Kurkonzerte besuchen und Ausflüge machen. Das hört sich alles sehr verlockend an. Mein Mann hält meine Hand. Ich suche nach handfesten Gründen und Erklärungen, warum ich unser Zusammensein nicht ausdehnen will.

Ich muß einfach zurück, um mir über viele Dinge klarzuwerden und noch mehr das Alleinsein genießen.

Will versteht es nicht. Mein Nein ist ungeübt. Es kommt mir ganz schwer über die Lippen. Ich erschrecke über den bestimmenden Klang dieser harmlosen vier Buchstaben. Ich möchte keine neuen Disharmonien zwischen uns schaffen, aber ich will auch nicht wieder gegen meine wahrsten Gefühle entscheiden.

Ein letzter Spaziergang durch den frühlingsgrünen Wald. Andere Kurgäste schlendern an uns vorbei, die Jacken lässig über die Schultern geworfen. Manchmal geht ein Blick zum Himmel, als sei das heitere Blau um diese Jahreszeit noch nicht zu erwarten.

Ich pflücke die ersten Buschwindröschen, dazu ein paar Zweige mit Buchengrün. Mein kleines Sträußchen will ich mit nach Hause nehmen.

Nach Hause. Die beiden Worte haben eine andere Qualität bekommen.

Die ganze Fahrt über freue ich mich darauf anzukommen. Ich fühle mich wohl und bin froh, Wills Aufforderung, noch dazubleiben, meinen eigenen Entschluß entgegengesetzt zu haben.

Das gelbe Ortsschild löst schon ein bißchen Vertrautheit aus. Als ich aus dem Auto steige, kommen gerade die Nachbarn vorbei. Meinen ersten Impuls unterdrückend, gehe ich auf sie zu, verweile zu einem kurzen Gespräch und erzähle von meiner kleinen Reise.

Bevor ich die Haustür aufschließe, streife ich durch den Vorgarten.

Das Stück Boden verdient noch kaum diese Bezeichnung, aber immerhin. Eine glatte Fläche, ein Kirschbaum, der pralle Knospen entwickelt, den Will schon während der Bauphase gepflanzt hat.

Zwei Forsythien und ein Hibiskusstrauch zur Straße hin. Ach, es fehlt noch an allem.

Im Hausflur riecht es immer noch nach Farbe. Die Eichentreppe knarrt an einer Stelle. Die Schiebetür zum Eßzimmer schleift irgendwo.

Ich bin daheim. Aus allen Fenstern schaue ich hinaus, dann tauche ich die Räume verschwenderisch in Licht. Vom Kamin her begrüßt mich „Die Schöne". Ich nehme sie wieder zur Hand. Ihr Körper ist gut ausgetrocknet und hat keine Risse bekommen. Auf den ovalen Tisch stelle ich eine Glasvase mit den Waldanemonen. Ich mache es mir auf der Couch gemütlich. Etwas Öl in die Duftlampe.

Wieder ein Montag ohne Pflichten. Nichts tun müssen, nur sein. Sich satt machen mit Minuten und Stunden, die mir gehören, die ich freundlich verwalte und mit Dingen fülle, die mir passen.

Ist mir danach, kommen die „Ungarischen Tänze" auf den Plattenteller, und es kann vorkommen, daß ich mich zu den Rhythmen auf dem Teppich drehe.

Ich blättere in meinen Aufzeichnungen, statt neue Anschuldigungen gegen mich haben die Einsichten nun mehr Raum. Mein Eßverhalten hat sich so weit normalisiert, daß ich keine dieser Anfälle mehr habe und sinnlos Nahrung in mich hineinstopfe. Aus meinem Verhalten ziehe ich folgende Schlüsse: Je mehr ich mir verbiete, mit um so größeren Schuldgefühlen esse ich. Essen mit Schuldgefühlen ergibt statt Eßlust – Eßfrust. Die Eßlust wird durch ein Übermaß an Essen doch noch zu erleben versucht. Das Übermaß führt wieder zu Frustrationen, und so dreht sich weiter das Karussell von Diätkasteiung und Nachholfreßwelle. Ich will endgültig weg von diesem Muster und den Satz meiner Telefonratgeberin beherzigen. „Sorgen Sie für sich, erlauben Sie sich die Zeit, zu entdecken, was Sie wirklich brauchen."

Meine neue Freundin kommt zu Besuch.

Fast jeden Tag streift sie durch unser Grundstück, schnuppert da und dort, bleibt an der Terrassentür stehen und drückt ihre Stupsnase gegen die Scheibe. Wenn ich aufmache, kommt sie bereitwillig herein und schnurrt mir um die Beine. Ich mag dieses Bündel intensiver Wärme. Sie folgt mir zum Schaukelstuhl in meinen Schoß, wo sie es behaglich findet und mit geschlossenen Augen mein Streicheln genießt. Ich und das Katzentier sitzen im Nachmittag und können uns nicht voneinander lösen. Die Stille liegt wie eine warme gemütliche Decke um uns, wir beide gähnen einander etwas vor.

Irgendwann streckt sich dann die fremde Mieze, verlangt ihre Schale Milch, die sie bis zum letzten Tropfen ausschleckt. Sie stupst ihr Köpfchen gegen meine Wade, was wohl „Bis Morgen" heißen soll, und ich verabschiede sie wieder in den Garten.

Auf halbem Weg bleibt sie stehen, schaut sich noch einmal

um, dann verschwindet sie mit erhobenem Schwanz zwischen den Johannisbeerbüschen der Nachbarin.

Das Wetter macht dem April alle Ehre. Sonnige Tage wechseln mit Regen- und Graupelschauern. Ein Auf und Ab ist das mit den Jahreszeiten, mit dem Leben. Ich muß versuchen, auf dieser Wellenbewegung mein Gleichgewicht zu halten. Dazu gehört auch eine große Portion mehr Gelassenheit.

Am Dienstag überrascht mich Iris bei den Vorbereitungen zum Mittagessen.

Wie ein Wirbelwind kommt sie herein, schüttelt die feuchten Haare aus und läßt sich zum Zwiebel-Schneiden anstellen. Ich richte den Tisch für uns. Rohen Schinken auf ein Brettchen. Radieschensalat mit Kresse und Fladenbrot.

„Man hört überhaupt nichts von dir", sagt Iris. „Warum verkriechst du dich in deinem Haus?"

Ich schaue Iris an und erkläre meinen notwendigen Akt der Selbstfindung. Ich erzähle ihr von meinen Erfahrungen, von den Eßanfällen, von all meinen Maßregelungen, Wortbrüchen und Unsicherheiten. Es tut gut, den ganzen angesammelten Gefühlsmüll einmal loszulassen, nichts zu beschönigen und die eigenen Unzulänglichkeiten zu zeigen. Warum nur habe ich mich die ganzen schlimmen Monate so versteckt und mit niemandem über meine Not gesprochen? Vielleicht hätte ich durch Reden schon viel früher zu einer anderen Einstellung gefunden.

Und Iris, die Feine, Vorbildhafte spricht plötzlich von eigenen Zwängen anderer Art und gibt sich eine Blöße, die uns einander näherbringt, als alle freundschaftlichen Verabredungen zuvor.

Die Kirchturmuhr schlägt die vierte Stunde, da sitzen wir immer noch. Draußen pfeift der Wind und rüttelt an der Dachrinne. Uns wärmt der Kaminfeuertee den Magen, und er löst die Zunge. Iris' mitgebrachte Butterstreusel schmecken

144

köstlich. Ich nehme mir ein zweites Stück. Ich esse es zur Hälfte, um dann ein Gefühl zu registrieren, das mir lange Zeit verloren war. Ich lege die Hälfte vom Kuchenstück zurück, erstaunt, wie satt ich bin.

Es ist so gemütlich im Bett. Ich mag mich nicht lösen aus der körperwarmen Höhle. Im Radio erklingt ein Strauß schönster Melodien, mir ist so gut. Soll und Haben ist ausgeglichen. Meine so strenge innere Instanz hat kapituliert. Großzügig erfülle ich mir meine Wünsche, zuversichtlich sehe ich dem Jahr entgegen. Kein Wenn und Aber?

Wie schnell wird mich der Alltag wieder einholen? Was kann ich mir bewahren von dem runden zufriedenen Gefühl im Bauch?

Ich hole mir mein Frühstück, die Post und die Zeitung ins Bett.

Will und ich schicken eine Menge Briefe hin und her. Ich habe ihm vieles mitgeteilt, ihm von der Bitterkeit meiner Gedanken geschrieben und den Barrikaden, die ich zeitweise zwischen uns sah.

Heute keine Antwort von ihm, aber da ist ein braunes Kuvert, das ich neugierig öffne.

Eine Kinderzeitschrift fällt heraus. Ein großer Stempel auf der Titelseite weist es als Belegexemplar aus. Verwundert blättere ich das Heft durch. Da fällt mir eine Überschrift ins Auge, und darunter steht mein Name. Ich bin überwältigt, überfliege hastig das Begleitschreiben, in dem es heißt: „Wir würden uns über weitere Beiträge für unser Kinder- und Jugendmagazin freuen." Welch angenehmer Schauer mich durchrieselt. Das heißt, meine Geschichten kommen an. Ich soll weiterschreiben. Welche Aussichten! Jetzt hält es mich nicht mehr in meinem Nest. Ich habe einiges vor. Beflügelt von neuen Ideen, muß ich tätig werden.

Aus dem Keller hole ich ein Paket Rasensamen und mache mich an die Arbeit. Der Boden ist feucht und aufnahmebereit. Ich versuche so zu handeln, wie es mir der Mann im Lagerhaus erklärt hat, und verteile sorgfältig die Saat. Am Schluß nehme ich ein langes Brett und drücke damit Stück für Stück den Boden fest. Ich arbeite auf den Knien und atme den Geruch der fetten Erde. Nach zwei Stunden bin ich erschöpft. An meinen Händen klebt der Dreck. Boden, der mir gehört, ich kann ihn anfassen. Allmählich wird mir bewußt, was wir da besitzen. Ich streiche mir die Haarsträhnen aus dem Gesicht und sehe mich um.

Über siebenhundert Quadratmeter Eigenes. Gut, da sind die Kredite, die Zinsbelastung, und da war die übergroße Anstrengung.

„Es hat sich gelohnt", sage ich zum Kirschbaum hin und stapfe ins Haus. Raus aus den Gummistiefeln, eintauchen in die Zimmerwärme, die roten Wangen im Bad betrachten. Da fällt mein Blick auf die Waage. Ich gebe ihr einen Stoß, daß sie unter das Handtuchregal rutscht.

Jetzt ein warmes Duschbad gegen die Rückenschmerzen, den ganzen Körper mit Creme verwöhnen. Ich hole im Schlafzimmer aus der Kommode frische Wäsche. Da sehe ich mein nacktes Spiegelbild. Ich lächle mir zu. Keine Scham und keine Schuld. Zwischen Ablehnung und Akzeptanz gibt es eine ruhige Mitte.

Noch zweimal schlafen, dann kommt Will zurück. Zum Abschluß meiner Solotage verordne ich mir einen ausgiebigen Stadtbummel.

Das Frühstück nehme ich im Bistro ein. Croissants, mit Marmelade, Kaffee und Orangensaft, wie es sich gehört. Das große Stück Weißbrot ist mir zuviel. Ich nehme es mit für die Tauben.

In der City das gewohnte Menschengewimmel. Die ersten

Sonnenhungrigen sitzen auf den Bänken. Am Wasser liegen die Schiffe der weißen Flotte ausflugsbereit.

Müde vom Erwandern der Straßen, vom Stöbern in den Läden, mache ich Rast bei der Madonnenstatue auf dem Kornmarkt. Das Ein- und Ausatmen ist so leicht wie der Flügelschlag der Tauben, die gurrend und immer fluchtbereit um die Touristen trippeln. Ich streue mein Weißbrot in die Schar.

Nichts treibt zur Eile. Mit aufgeknöpftem Mantel sitze ich da, als sei ich eine der Reisenden, die mit aufgeschlagenem Stadtplan durch die Gassen schlendern und auf den Bänken haltmachen, um sich der vielen Eindrücke zu erwehren.

Ich habe sie nicht verloren, meine Stadt. Als Gast bin ich jederzeit willkommen. Nur eine halbe Stunde Autofahrt, und ich kann mich an ihrem unbeschreiblichen Flair freuen. Auf dem Weg zum Parkplatz komme ich an unserer alten Bleibe vorbei. Unsere Zimmer sind unbewohnt. Die weißen Stores hängen noch vor den blaugrünen Fensterrahmen. Niemand öffnet auf mein Klingeln. Die kleine Frau ist wohl mit ihrer Einkaufstasche unterwegs.

Ich mache einen Rundgang durch unser Haus. Morgen teile ich es wieder mit meinem Mann. Ich hatte kaum Zeit, mich zu sehnen, so angefüllt war ich mit der Sorglosigkeit der Tage, mit den Nächten, die nur meinen Träumen gehörten. Morgen bringt Will den Alltag ins Haus mit einem Berg schmutziger Wäsche und seinen Ansprüchen an mich. Die braunen Florentiner Fliesen spiegeln die Mittagssonne. Die Topfpflanze hat zwei neue Blätter bekommen. Auf den Sandsteinplatten der Hauseinfahrt sitzt der erste Schmetterling. Bald ist es Zeit, sich um die Blumenkästen zu kümmern. Blaue Petunien will ich setzen. Dazwischen etwas Gelbes oder lieber rosa Geranien? Im Keller runzeln die Winteräpfel, und die

Kartoffeln bekommen lange Keime. Da steht auch mein Rad, meine alte Liebe. Wollen wir es wieder zusammen versuchen, einfach der Freude wegen? Und kein Gedanke an abgestrampelte Kalorien!

Meine Kolleginnen begrüßen mich freundlich. Sonst ist alles, wie es war.

Auf meinem Schreibtisch türmen sich die rosaroten Umschläge. Mit dem Brieföffner rücke ich dem Berg zu Leibe.

Unser zweiter Chef hat die Grippe, Herr Neugebauer wurde in einen Verkehrsunfall verwickelt, Frau Schnell zieht mich ins Vertrauen und spricht von ihrer Schwangerschaft. Der Klatsch blüht wie in allen Kantinen. Puppe erzählt, Fräulein Sandmeier bekomme seltsame Anrufe und Angelika habe mit ihrem Freund Schluß gemacht.

Will wartet im Wagen auf mich. Bis wir in unserem Dorf ankommen, sind die wichtigsten Tagesneuigkeiten besprochen. Zu Hause der erste Griff an den Kaffeeautomat, Geschirr auf den Tisch und die Zeitung zur Seite.

Unsere Nähe ist wieder hausgemacht. Die prickelnde Begegnung außerhalb ist nicht wiederholbar. Der Alltag hat uns schnell eingeholt mit seinen Pflichten, dem Präsent-Sein, den geteilten Aufgaben. Will hat einiges nachzuarbeiten. Auf seinem Schreibtisch liegen Anfragen und Angebote, Briefe sind zu schreiben, die Lohnabrechnungen stehen an.

Ich habe mich um Wills geschäftliche Angelegenheiten wenig gekümmert. Aus seiner Stimme höre ich Ungeduld und Vorwürfe heraus.

Ich hätte doch ..., warum ich nicht ..., wieso nicht schon ... Schließlich geht er beleidigt in sein Büro. Uralte Schuldgefühle werden wach. Kein braves Kind gewesen. Ich sitze da und spüre den Aufruhr, der in meinen Magen sackt. Laut werden gehört sich nicht. Wer sagt das? Von wem lasse ich mir den Mund verbieten? Wozu etwas hinunterschlucken, das mir nicht schmeckt?

Worte kann man sich getrost an den Kopf werfen, und Streit ist kein schlimmer Begriff. Ich habe genug Energie, um ein paar deutliche Sätze zu sagen.

„Ich habe für mich gesorgt", schreie ich, und das letzte Wort wiederholt sich ein paarmal ohne mein Zutun. Mein Herz klopft oben im Hals. Wut ist ein kräftiges Gefühl, und der Knall einer Tür hat etwas sehr Belebendes. Will rattert energisch mit der Rechenmaschine.

Das Abendessen fällt heute aus.

Ich will das, was mir im Kopf rumgeht, ein wenig der frischen Luft aussetzen.

Die Leute vom Dorf sind noch unterwegs. Das Zwielicht macht die Farben intensiver, doch in den Hauseingängen lauert schon die Dunkelheit. Allmählich sind mir die Straßen hier vertraut. Am Dorfplatz sitzen die alten Männer auf der Bank neben dem Brunnen und kauen auf ihrer Pfeife. Der kleine Bach, der an den Krautgärten entlangführt, plätschert gelangweilt vor sich hin. Da und dort sieht man noch ein paar Gestalten in der aufziehenden Dämmerung, die sich zur Erde bücken und Sämereien in den Boden bringen.

Ich wundere mich, wie beruhigt ich plötzlich bin. Aus all den Dissonanzen löst sich ein klarer Ton. Will sieht in mir die rechte Seite für sein Büro. Das liegt nahe, das wäre sehr passend.

Doch da sind andere Ideen in meinem Kopf. Ungedachte Geschichten, Träume vom selbst geschriebenen Wort. Diesen Wünschen sollte ich mich stellen.

Es kostet einiges, all den Teufelchen standzuhalten, die da seit Kindertagen flüstern: „Liebsein zahlt sich aus, Anpassung ist ein Gebot, und eigene Wünsche stellt man hintenan."

Nähe reicht nicht aus, und Liebe ist zuwenig für ein Leben.

Ich muß mein Eigenes gestalten, meine Dinge tun, meine Ansichten leben, meinen Körper akzeptieren, meine Form von Eßverhalten finden.

Will sitzt an seinem Schreibtisch, als ich heimkomme, und sieht nicht auf. Ich lege meinen Arm um ihn, massiere den schmalen Nacken, zerzause die dunklen Haare, bis seine Arme fest zupacken.

Ich muß mit Ella sprechen, von meinen neuen Ideen erzählen, ihr sagen, daß ich es wage, der eigenen Seelenspur zu folgen, ohne Garantie.

Ella klingt so anders am Telefon. Es dauert eine Weile, bis die Fassade belangloser Wortplänkeleien zusammenbricht. Ella schluchzt.

Betrogen, hintergangen und ausgenutzt fühlt sie sich. Vorbei ist es mit der heilen Welt, die Zweisamkeit bedroht, und die Liebe hat sich davongemacht. So ist das. Ella weint. Auf die Frage, ob ihre Eheprobleme etwas mit ihren Pfunden zu tun haben, antwortet Ella entschieden: „Nein."

Ich kann nichts für meine Freundin tun, Ella kann nichts für mich tun. Fern voneinander müssen wir jede für sich einen Schritt vor den anderen machen.

MAI

DER MAI zieht mit ein paar stürmischen Gewittern ein.

Ich liebe diesen Monat. Ich mag die Rechtecke aus gelbem Raps zwischen sattem Grün, den unbeschreiblichen Geruch der Fliederbüsche, den stolzen Hahnenfuß auf der Wiese nebenan.

Wir sind nun sechs Jahre verheiratet. Irgendwann werden Will und ich ein Kind haben. Unser Leben wird sich hier in dieser Gemeinde abspielen.

Das Dorf ist eine kleine Welt für sich. Man kennt einander. Die Festlichkeiten von Kirchweih, Markttag und das Vereinsleben bieten Möglichkeiten, aus der Anonymität zu treten und sich da und dort anzuschließen. Doch gibt es auch hier die Schattenseiten des Lebens, das Ungereimte und Schreckliche hinter den Haustüren. Wir haben uns eingelebt. Meine Nachbarin nenne ich jetzt Annemarie, und im Kreis der Pfarrgemeinde habe ich ein paar Frauen kennengelernt, die sich regelmäßig zum kreativen Gestalten und Miteinander-Reden treffen.

An einem der Abende gehe ich in die Maiandacht. Sentimentale Erinnerungen an die Mädchenzeit. Es sind noch immer die gleichen Lieder. Der Pfarrer entläßt uns mit einem Nachtgebet. Darin heißt es: „Des Tages Bogen ist zu Ende, ganz kindlich legen in die Hände, dir, Vater, alles wir zurück. Das kleine Leid, das kleine Glück."

Die letzten Seiten meines Tagebuchs sind bald gefüllt. Dafür wächst ein Stapel Schreibmaschinenblätter. Ich bringe meine Einfälle zu Papier und bin erstaunt, wieviel ich zu sagen habe. Manchmal kommt Will in mein Zimmer, sieht mir über die Schulter und atmet in mein Haar. Anhören oder lesen mag er meine Geschichten nicht, aber er ist interessiert, wenn ich von meinen Absichten und Plänen spreche.

Will und ich lernen, unsere Erwartungen aneinander zu beschränken und Fragen halb beantwortet zu lassen. Ich habe Vertrauen in die Gezeiten unserer Gefühle. In diesem letzten Jahr habe ich eine wichtige Lektion erfahren. Auf meinem Nachttisch liegt noch immer das kleine Büchlein mit dem Untertitel „Zum Herzen des Lebens vordringen". Mancher Spruch daraus hat mir über dunkle Tage hinweggeholfen. Beim Aufschlagen lese ich:

> „Ich suche das,
> was du mir geben kannst.
> Ich brauche es,
> weil es mir fehlt.
> Aber dann merke ich,
> daß ich in mir finden muß,
> was ich bei dir suche.
> Nur so werde ich ein reifer Mensch.
> Ich kann dich nicht
> für mein Glück verantwortlich machen."
> (U. Schaffer – ich suche –)

Klaus und Renate kommen am Sonntag zum Abendessen. Ich rotiere in der Küche und habe viel Spaß bei meinem Überraschungsmenü. Während ich Parmaschinken um Grissinistangen wickle und etwas Friséesalat dazu garniere, wird im Radio eine Ratgebersendung angekündigt. Das heutige Thema ist: „Gestörtes Eßverhalten". Ich übergieße den Hackbraten im Backofen und höre interessiert zu. Zwei Ernährungswissenschaftler nehmen Stellung. Sie erwähnen die etwa neunhundert angebotenen Diäten und verweisen auf eine Statistik, die aussagt, daß über sechzig Prozent aller Frauen sich als zu dick fühlen. Danach werden Hörer aufgefordert, über eigene Erfahrungen mit Eßproblemen zu berichten.

Eine Frau ruft an und erzählt, daß sie nach jeder Diät zugenommen habe. Eine andere befürchtet, daß ihre Heißhungeranfälle sie noch in den Selbstmord treiben würden. Ich höre die Stimmen der Frauen und erinnere mich an meine eigene Not. Es ist vorbei. Ich bin froh, all dem entronnen zu sein.

Klaus und Renate prosten uns zu. Das Essen schmeckt köstlich. Ich nehme von allem, wie es mir zusteht. Bin ich satt, bleibt ein Rest auf meinem Teller liegen. Es gelingt.

Essen ohne Angst. Essen, das ich mir aufrichtig gönne, und deshalb habe ich es nicht nötig, über die Stränge zu schlagen. Nahrungsaufnahme ist wieder das, was es sein soll: Lebensgrundlage, Freude und Genuß.

In der Bank sitzen wir in der Mittagspause zusammen. Die Joghurttreue löffelt wie eh und je ihren Becher. Es dauert nicht lange, schon sind die Kolleginnen beim Thema Wunschfigur. Die Badesaison steht vor der Tür, dann heißt es, sich zu seinen Maßen zu bekennen. Wieder einmal probiert eine unserer Damen eine neue Diät mit Nudeln aus. Ganz leicht, ganz einfach und prima durchzuhalten. Frau Sänger hat eine Zeitschrift dabei, die sie uns präsentiert. Da wird uns Frauen der Mund wäßrig gemacht auf die neuesten Kreationen der Designer, und schon in der nächsten Zeile erfahren wir: „Doch leider, wir passen nicht in die Träume. Da zwickt ein Bund, da spannt eine Bluse, also höchste Zeit für eine neue Diät." Es wird von uns erwartet, daß es uns gelingen wird, uns zu verwandeln.

Und diesmal wird es klappen. Ein einfaches Konzept, um frühlingsfit und schlank zu werden, um ein für allemal die überflüssigen Pfunde abzulegen. Für die Übergangszeit, bis wir uns wirklich zeigen und sehen lassen können, wählt man Farben, die Pfunde wegmogeln, Längen, die etwas überspielen, einen Schnitt, der da und dort retuschiert. Weil wir unsere Größe nicht ertragen und uns unser Format etwas zu mollig erscheint, verkneifen wir uns „Gutes", das jetzt zum Bösen degradiert wird. Dann wird wieder „gesündigt" und zwischen dem Auf und Ab unserer Eßkapriolen verlieren wir die Wahrnehmung für den eigenen Körper.

Durch die gesellschaftliche Idealisierung des Schmalseins wird uns Frauen wenig Raum gegeben. Statt daß wir uns wichtig nehmen und wirklich ausgewogen sind, machen wir unser Gewicht zum Synonym für „in Ordnung sein" und reduzieren uns ständig, um einem Ideal zu entsprechen.

Schluß damit!

Ade, ihr Diäten, ihr Tabellen mit Joule und Kalorien!

Ade dem Schlankheitswahn!

Unser Rasen ist ein grüner Flaum. In der Mitte der Kirschbaum, aufgeblüht, strahlend wie im Hochzeitskleid.

Ich habe mir eine Hängematte gekauft. In den ersten warmen Tagen liege ich mit einem Buch in meiner Schaukel. Es ist die reinste Wonne. Aufgehoben wie schwerelos schwebe ich zwischen den Baumstämmen und blinzle in die Sonne.

Da kommt Besuch auf vier Samtpfoten. Inzwischen weiß ich, daß die Katze Minka heißt. Sie darf zu mir in die Hängematte, und wir unterhalten uns. Minka leckt mit ihrer rauhen Zunge meine Hand. Ihre Schnurrhaare vibrieren, während sie ein Rotschwänzchen beobachtet, das auf unserem Holzstapel sitzt. Minka und ich dösen, während ein leichter Wind die Birkenzweige fächelt.

Wir verweilen so, bis der Hausgiebel ein Schattendreieck wirft. Jetzt wird es Zeit, sich zu rühren.